Rudi Treiber

I0648004

DAS DIKTAT DES DURCHSCHNITTS

Rudi Treiber

DAS DIKTAT DES DURCHSCHNITTS

Impressum:
1.Auflage, für Verein „Respekt für Dich" – Autoren gegen Gewalt

Covergestaltung by Karina-Verlag, Karin Pfolz
Illustration © Rudi Treiber

Fotografiert von:

Harald Mannsberger, Capistrangasse 2, 1060 Wien

Text und Bilder: © Rudi Treiber

Überarbeitung, Layout, Design: Karin Pfolz, Karina-Verlag

22. Oktober 2014, Vienna, Austria, Karina-Verlag, Vienna.

ISBN 978-3-9503916-7-1

(E-Book ISBN: 978-3-9503862-9-5)

karina.bookoffice@gmail.com
www.karinaverlag.at

Bibliografische Information der Nationalbibliotheken:.
Die Österreichische Nationalbibliothek verzeichnet diese Publikation in der Österreichischen Nationalbibliothek, ebenso ist diese Publikation in der Deutschen Nationalbibliothek verzeichnet.

Inhalt

Vor dem Buch noch ein Wort

Es wird mir wahrscheinlich nicht viele Freunde schaffen, dieses Buch, und es wird Gräben aufreißen zwischen mir und denjenigen, die mich anders eingeschätzt haben, aber Gräben sind Zeichen des Angriffs aber auch der Verteidigung.

Mein Buch ist keine globale Verurteilung von Berufsgruppen, Religionen, Philosophien oder Ideen, aber sehr wohl ein Versuch einer Entlarvung dieser, die sich unter dem Deckmantel der Humanität, Politik, Wissenschaft oder Kunst verstecken, betrügen, sich bereichern, andere unterdrücken oder zerstören.

Mein Buch sieht sich als einen Appell an die furchtlosen und geradlinigen Menschen, die verantwortungsvollen Trendsetter, die ewigen Optimisten, die kreativen Individualisten, die Künstler und Philosophen, die Wirtschaftsformer und Idealisten.

Ich bin es mir schuldig, es allen erbarmungswürdigen Schleimern, die es allen Recht machen wollen, den rücksichtslosen Unterdrückern und feigen Opportunisten, den rückratlosen Scheinheiligen, krankhaften Wichtigtuern und ekelhaften Manipulanten, den egoistischen Umweltzerstörern und selbst ernannten Heilsbringern zu sagen, wie sehr ich sie verachte.

Ich möchte, auch wenn es mir bewusst ist wenig zu verändern, nicht tatenlos zusehen, wie gewissenslose Macher unsere innere und äußere Welt zerstören, wie unfähige populistische Politiker, in ihrer wachsenden Dummheit und Arroganz, mit den Schicksalen der Menschen jonglieren, Menschen wie Marionetten bewegen und Illusionen zerstören.

Ich möchte dagegen aufstehen, sei es nur mit Wörtern und Sätzen, denn auch das Dulden macht schuldig. Ich sehe mein Buch als die kleinste Form einer geballten Faust, als emotionelle

Explosion meiner neurotischen Leidenschaft die Gerechtigkeit zurückzugewinnen, auch wenn die Chancen gering sind.

Lasst uns nicht alleine. Steht auf und spuckt ihnen in ihre versoffenen, frustrierten Gesichter, die keine Leidenschaften auszudrücken mehr imstande sind. Sie ekeln mich an, mit ihren immer wiederkehrenden Phrasen, Worthülsen, Beteuerungen und Versprechungen, die sie nie einzuhalten gewillt sind.

Sie füllen ihre Bäuche und Bankkonten und auch die ihrer Nachkommen, verteilen ihre Pfründe und Einflussbereiche an Freunde und Erfüllungsgehilfen. Sie sind der menschgewordene Auswuchs einer Krankheit, die man Gier, Macht und Egoismus nennt und sind gleichzeitig die leidvolle Erkenntnis, dass der Mensch die traurige Fehlkonstruktion des Universums ist, ein Produkt, das Gott an seinem schlechtesten Tag geschaffen hat.

Mein Buch ist keine Anleitung wie man es besser machen könnte, ich nehme mir das Recht heraus zu irren aber nicht zu verletzen, obwohl ich oft hart an der Grenze dazu bin, aber so bin ich mal. Man kann mich lieben oder hassen, dazwischen gibt's nichts.

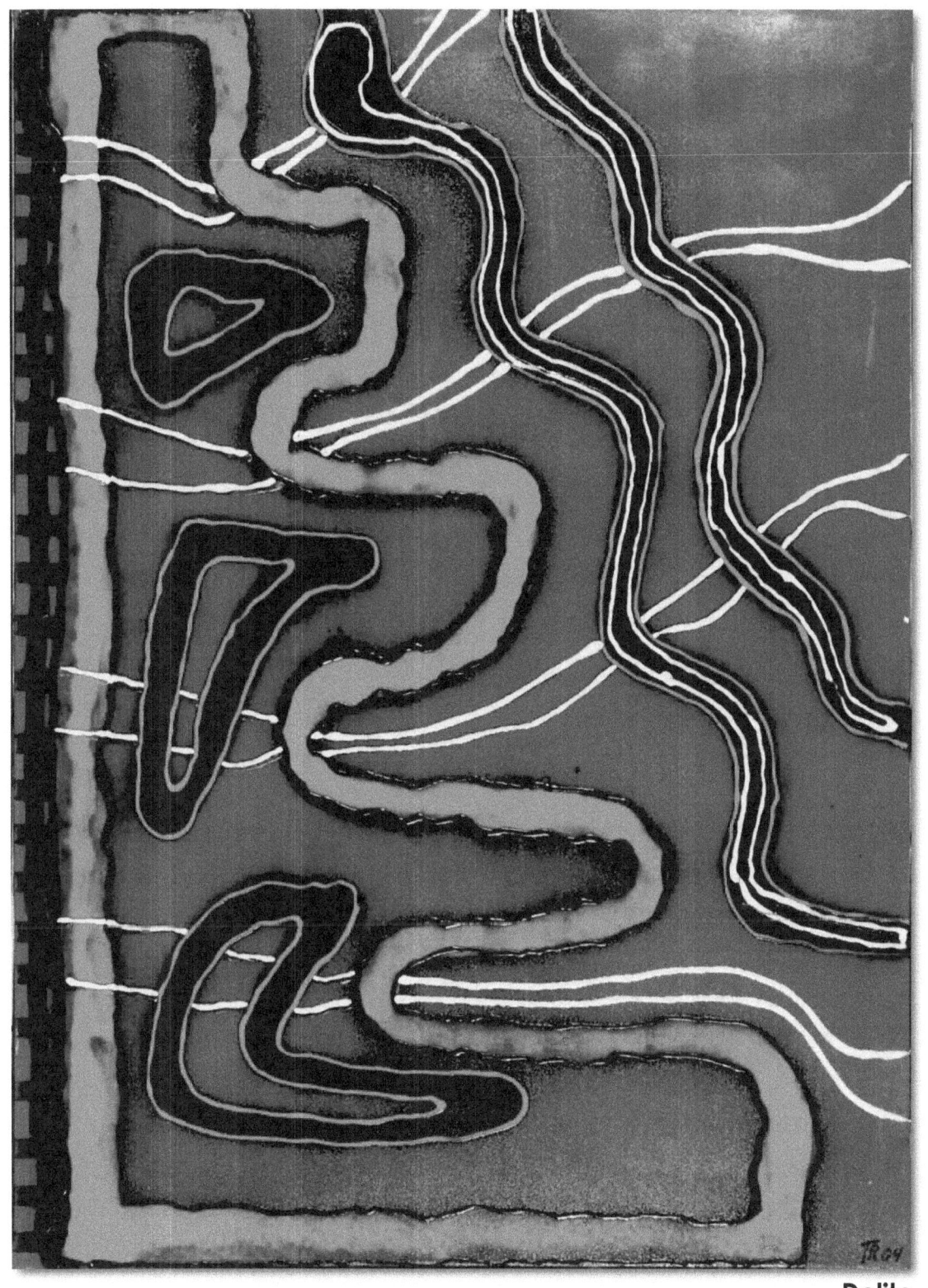

Delite

Wenn ich einmal groß bin,

möchte ich ein Lehrer werden ...

Wenn ich einmal groß bin, möchte ich ein Lehrer werden, denn da kann ich in der Klasse mit vielen lieben Kindern sein. Ich kann ihnen zeigen, wie man rechnet und wie man schreiben lernt. Ich kann den Kindern viele Hausaufgaben geben. Diese muss ich dann zu Hause verbessern, aber ich muss gut aufpassen, denn wenn ich einen Fehler mache, regen sich gleich die Eltern auf.

Wenn die Kinder schlimm sind, muss ich mit ihnen viel reden und wenn mir manche nicht zuhören, dann muss ich schreien, aber das sind sowieso viele von zu Hause gewöhnt.

In den Ferien ist es am schönsten, denn da muss ich nichts tun, und die anderen sind mir das neidig. Da habe ich es gut und lache. Aber wenn die Schule wieder beginnt, da haben wir wieder viel zu tun. Ich muss mir am Abend alles aufschreiben, was ich am nächsten Tag den Kindern in der Schule sage, und manchmal kommt der Herr Direktor herein und sagt mir, wie alles noch besser geht. Ab und zu kommt der Herr Schulinspektor und geht in der Klasse herum. Er ist immer schön angezogen und schaut streng.

Wenn es heiß ist, gehe ich mit den Kindern schwimmen. Das ist wie im Urlaub. Ich muss nur auf die zwanzig oder mehr Kinder aufpassen, damit sie nicht ertrinken oder raufen, aber sonst ist es lustig. Im Winter gehen wir Eislaufen oder Skifahren, das ist besonders schön. Denn da fahren wir auf Skikurs in die Berge. Da sind wir von der Früh bis um Mitternacht mit den lustigen Kindern zusammen, und sie machen so witzige Sachen, da muss ich immer lachen, auch wenn ich manchmal nur zwei Stunden schlafen kann. Es ist halt ein richtiger Urlaub, immer viele Menschen, viel Lärm, es wird gerauft und gestritten. Manchmal wird auch gestohlen, da ist es schon gut, dass ein Lehrer dabei ist und manchmal schleichen die Buben in der Nacht in die Mädchenzimmer, aber die machen dort nur Spaß und lachen. Am Tag, da geht´s auf die Skipiste. Es darf sich nur keiner einen Fuß brechen, sonst sind wir Lehrer Schuld und der Herr Direktor schimpft mit uns, wenn wir nach Hause kommen.

Aber irgendwann später möchte ich auch Direktor werden, aber das ist nicht leicht, denn das wollen viele, und viele haben gute Freunde, die helfen ihnen dabei. Da kannst du dich Rot oder Schwarz ärgern oder du wirst dein blaues Wunder erleben, ehe du was wirst. Viele von meinen Kollegen sind dann traurig und wollen nicht mehr und werden faul. Manche beginnen zu trinken, aber das hilft wenigstens den Weinbauern. Deswegen sollen wir in Zukunft mehr arbeiten. Das sagen die Politiker. Die müssen es ja wissen, denn die müssen ja auch den ganzen Tag schwer arbeiten, mit ihren Kollegen streiten und ordentliche Gesetze für uns machen. Aber wenn die einmal einen Fehler machen, dann gehen sie einfach in Pension, nach Brüssel an die volle Schüssel oder finden einen anderen Schuldigen.

Die meisten Lehrer halten zusammen, auch wenn sie bei verschiedenen Parteien sind, denn sie wissen genau, dass die Gemeinschaft das Wichtigste ist, und auch wenn wir nicht so viel verdienen, wie ein Maurer oder Mechaniker, müssen wir trotzdem dankbar sein, denn die Ferien sind schon schön und lang. Viele Menschen sind uns das neidig, aber dabei sollten alle froh sein, denn gerade in den Ferien kommen viele Fremde zu uns und bringen viel Geld. So werden alle reich, nur weil wir und die Kinder Urlaub machen.

Wenn ich einmal groß bin, dann möchte ich ein guter Lehrer werden. Ich mache immer meine Vorbereitungen, lese alle Verordnungen, besuche hochinteressante Kurse und gehe auf alle Tagungen, wo man uns erklärt, wo man was zu sagen und wie man was zu tun hat. Man muss schon cool und flexibel sein, denn was heute Rot ist, ist morgen Schwarz und übermorgen Blau.

Ich freue mich schon auf die Schüler, auf die netten Kollegen und auf den Herrn Direktor, auf das Klassenbuch, die lustigen Skikurse, die lustigen und spannenden Konferenzen, die hochinteressanten Tagungen, die objektiven Hearings, auf die schlimmen Schüler, die Elternsprechtage mit den vielen freundlichen und verständnisvollen Eltern und auf das Zeugnisschreiben.

Weil das eben alles so schön ist, möchte ich einmal Lehrer werden.

Und wenn all die vielen alten und müden Lehrer irgendwann mal in die Pension gehen, dann erwische ich sicher auch eine Stelle. Mein Papa kennt da jemand in der Partei und der hat gesagt, er wird´s schon richten für mich...

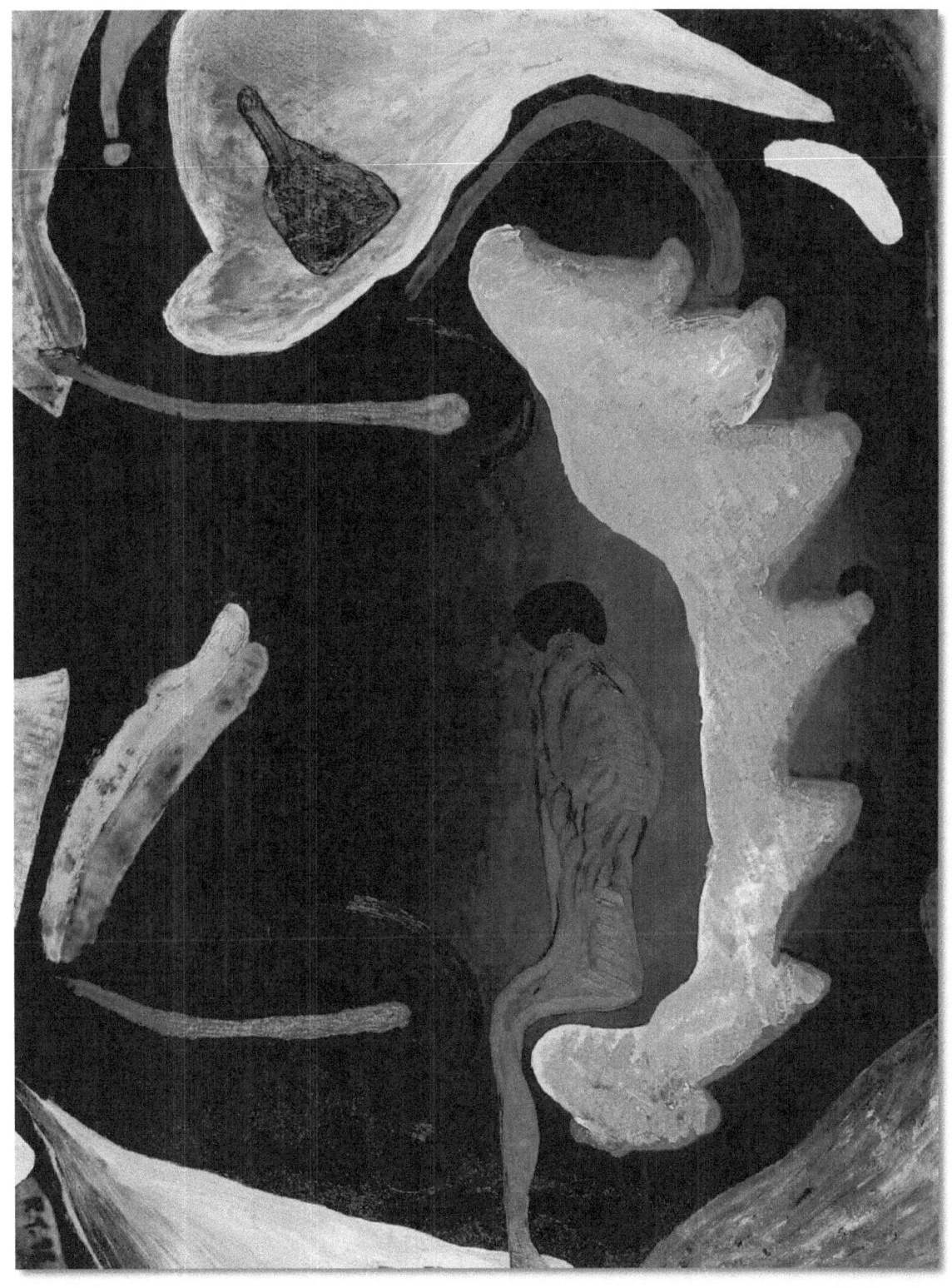

Bajazzo

Die unbequemen Alten

Sie sitzen zitternd oder schlafend im Rollstuhl oder am Sessel. Schauen apathisch und kennen weder Tag oder Nacht, nicht Sommer oder Winter. Man zwingt sie zu schlafen, obwohl sie nicht müde sind, sie sitzen vor dem Fernseher, obwohl sie nicht hören, man füttert sie, auch wenn sie keinen Hunger haben und machen sie Probleme, werden sie „ruhig gestellt" - das schafft Ruhe im System.

Die Unbequemen kommen heutzutage nicht mehr ins Gitterbett wie früher, sondern werden mit Tabletten ruhig gestellt. Beruhigungsmittel werden oft höher dosiert, als in der Krankenakte vermerkt ist, besonders dann, wenn der Patient als „Störenfried" empfunden wird. Es findet kaum Kommunikation statt und wenn, dann wird in der „Kindssprache" geredet. „Na, Herr Huber, warn's schon am Topferl, hams schon Gaggi gmacht?" oder „Soll ich ihnen ein Windi wechseln, Frau Maier, damit sie dann Lullu können?" Manche „Pfleger" kontrollieren durch einen gekonnten „Arschkneifer", ob das Winderl schon voll ist oder nicht. Das Essen wird oft stumm serviert und vom fachunkundigen Personal nicht mundgerecht zerkleinert, was bei manchen Patienten jedoch nötig ist. Hat der Patient nach einer halben Stunde nicht gegessen, wird einfach abserviert und dokumentiert: „Herr oder Frau XY hat sein Essen nicht zu sich genommen."

Wenn ein Patient auf die Toilette muss, kommt es vor, dass dieser bis zu 5 x bitten muss, ehe er die Antwort des Pflegers: „Ich komme gleich", erhält.

Das engagierte Personal verfällt schnell dem Trott des Alltags und wird statt sensibilisiert desensibilisiert; es gewöhnt sich an das Leid der alten Menschen.

Verwandtenbesuche sind eine Art Garantie dafür, dass die Betroffenen „vorsichtiger" behandelt werden als solche, die keine Verwandten mehr haben. Nach dem Motto: Wo kein Kläger, da kein Richter, oder Dementen fehlen die Argumente.

Da leuchten die Augen der Politiker vor den Wahlen, und so mancher Mandatar streichelt mediengerecht ausgemergelte Mütterhände bei der Muttertagsfeier der Ortspartei und überbringt den unvermeidlichen Geschenkskorb, vor den Augen der Bezirksjournalisten, die jeden Pfurz des Bezirkskaisers bringen müssen.

Die Alten sind eine Macht, wenn sie ihr Geld auch ausgeben können, oder wenn es ums Erben geht. Da kommt schon gelegentlich auch mal die Frau Tochter vorbei, die sich sonst wenig blicken lässt und zeigt sich von der fürsorglichen Seite. Was man sich erschleimen kann, muss man sich nicht erarbeiten.

Die Alten sind auch eine Macht, wenn man von ihnen abhängig ist. Wenn Papa oder Mama die Wohnung zahlt, die Kreditraten begleicht, die nervigen Sprösslinge betreut, wenn die Jungeltern ausgehen oder urlauben. Oder sie das neue Auto für ihre Kinder oder Enkelkinder finanzieren dürfen.

Ja, die Alten, auch sie waren einmal knackig, begehrt, energiegeladen und voll Elan. Die jugendkultgeschädigte Gesellschaft der Gegenwart hat kein Interesse an den bedürftigen Alten, und faltige Gesichter sind nur interessant für die Kosmetikindustrie. Die Pharmakonzerne schütten die ausgemergelten Körper mit lebenserhaltenden Tabletten so lange voll, solange die Krankenkassen diese bezahlen.

Jahrzehntelang rackerten sie, um uns den heutigen Wohlstand zu garantieren. Die Worte Dankbarkeit und Anerkennung haben in unserer Gesellschaft ihren Stellenwert verloren. Jeder ist sich selbst der Nächste. Der Zustand „Jugend" scheint einen Gewissensblocker auszulösen, der es vielen nicht erlaubt, daran zu denken, dass für die meisten auch einmal das Alter traurige Realität sein wird. Die Alten sind unbequem, besonders wenn sie krank werden. Unser eigenes Leben ist uns zu wichtig, die berufliche Karriere ist der vorgeschobene Vorwand, die Menschen, die uns am nächsten standen, in den letzten Jahren ihres Lebens alleine zu lassen. Stattdessen bestellt man bezahlte Helfer, damit diese die Ärsche der Mütter und Väter reinigen. Vergessen ist der Gedanke, dass diese gebrechliche Mutter einst die Windeln ihrer Kinder gewechselt hat. Bezahlte Streicheleinheiten beruhigen das schlechte Gewissen der nachkommenden Generationen und lassen die Menschen alleine, die ihnen am allernächsten sind. Man erhält im Leben immer das, was man vorlebt, und Kinder sind immer Produkte der eigenen sozialen und charakterlichen Haltung.

Die junge Generation zelebriert die Abhärtung der Seele und argumentiert mit den Anforderungen der Gegenwart. Das Zittern und die Tränen der Alten von heute wird das Meer von morgen für uns alle sein.

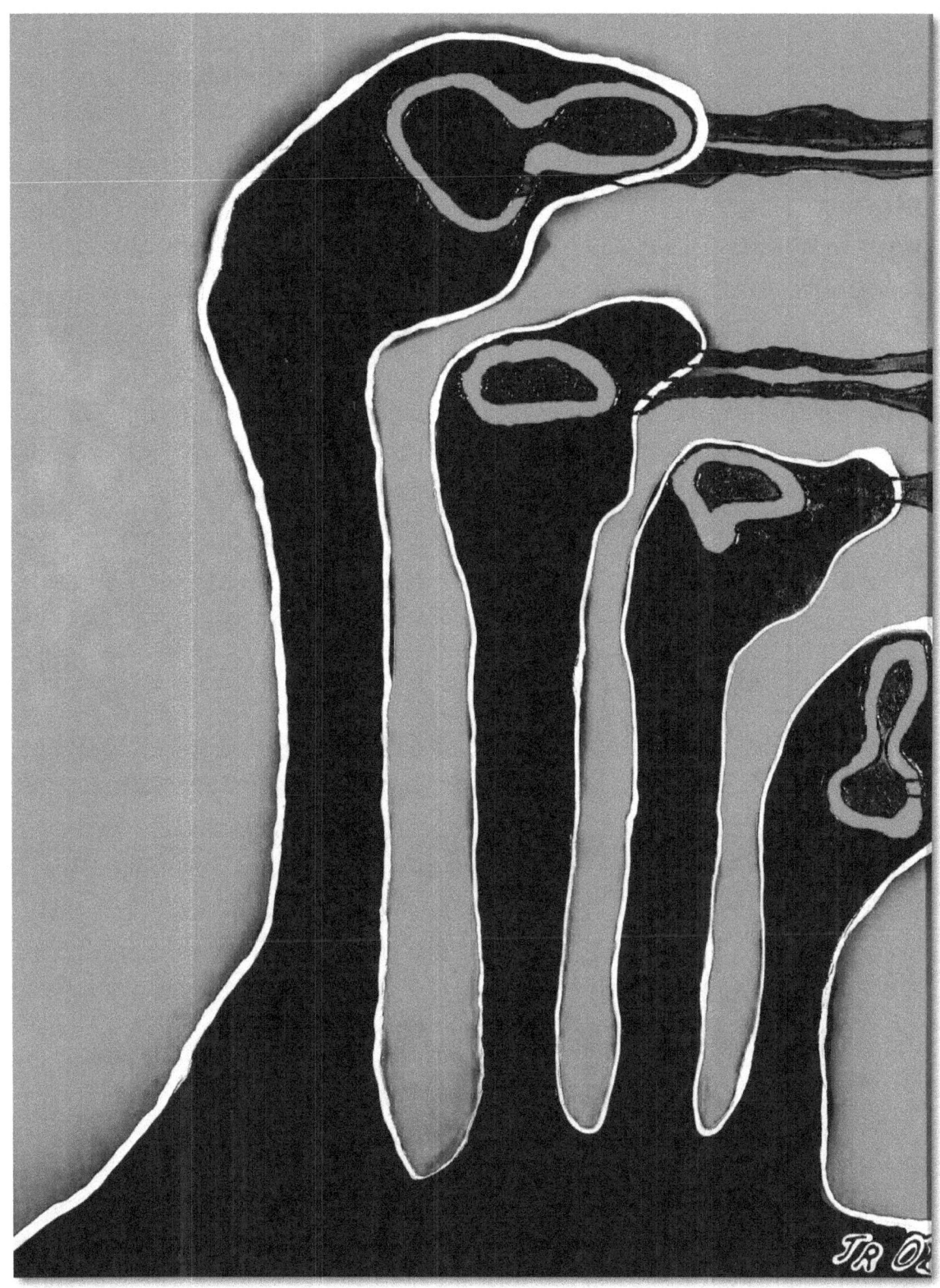

Pina

Expressionismus, Naturalismus, Opportunismus

Die meisten Künstler, aus welchen Richtungen sie auch immer kommen mögen, haben für ein kontinuierliches politisches Engagement wenig übrig. Sie scheuen die Konfrontation mit dem Gewöhnlichen und Trivialen. Es gibt jedoch kaum Künstler, die sich von öffentlichen Förderungsgeldern abwenden, im Gegenteil, sie biedern sich oft in penetranter Art und Weise den Entscheidungsträgern an, dass die Peinlichkeit oft nur mit ihren Kunstwerken zu übertreffen ist. Dabei vergessen sie aber nie ihre künstlerische Freiheit, wo auch immer sie auftauchen, zu bekunden und haben noch den Mief des Wartezimmers irgendeines Kulturpolitikers auf ihren liberalen Outfits. Der „Förderalismus" hat so manchen Kunstschleimer so richtig ausrasten lassen, und viele halten sich mehr in den Gedärmen der Politiker, als in ihren Ateliers auf.

Eine große Zahl von ihnen ist so selbstverliebt in ihrer maßlosen Selbsteinschätzung, dass die dabei entstehende Arroganz, als unverzichtbare Reaktion, den Blick zu sich selbst trübt. Sie haben längst die Beziehung zu den normalen Menschen verloren und glauben durch überdimensionale Preisgestaltung ihrer Kunstobjekte ihren eigenen Status zu erhöhen. Und wenn dann gar nichts mehr geht, dann starten manche wieder eine „Schleimaktion" Richtung Landesregierung, um dort öffentliche Aufträge zu ergattern.

Auch Medien bleiben nicht verschont, denn die Gunst derer zu erhaschen, ist für manchen Überlebensprinzip. Die „Verhaberung" zieht weite Kreise.

Es sieht nicht gut aus, wenn ein Künstler, der eigentlich Symbol für Freiheit, Unabhängigkeit, Rebellion und Unzufriedenheit sein soll, ein kleines Schleimrädchen im Machtgefüge der Parteien ist, nur um seines eigenen Vorteils willen.

Es gibt sie aber noch, die Standhaften, Unabhängigen. Doch sie kennt man kaum. Sie stehen auf keiner Liste, sie erhalten keine gut dotierten Kulturaufträge, werden kaum mit Kulturgeldern zugeschüttet oder auf irgendwelche Posten gehievt, wo sie nur gewinnen und nichts zu verlieren haben.

Anbiederung an die Macht und Opportunismus sind bei uns eine geschichtliche Konstante.

Die kleinbürgerliche Provinzegomanie und Neidverrücktheit ist permanent vorhanden und ein sichtbares Zeichen der kleinkarierten Kurzdenker, die auch künstlerisch nichts zuwege bringen. Wo sind sie, die selbstständigen, egozentrischen, visionären Verrückten, die sich nicht biegen wie die Kerzen, wenn das Feuer vorbeikommt. Wo sind die liberalen Geister, die sich nicht in Geiselhaft der Parteien begeben, sondern ausreißen zu sich selbst, um sich selbst wieder anzusehen, ohne vor Scham zu verfallen. Kunst ist frei, frei von allem.

Du sollst Vater und Mutter ärgern

Es ist das schönste und traurigste Märchen zugleich. Das Liebevollste und Enttäuschungsreichste, das Vergänglichste und Immerwährende. Sie sind das hochersehnte Glück jeder Beziehung. Voll Erwartung steckt man alles zurück, was einem zuvor gut und wichtig war. Im Mittelpunkt steht nur mehr er oder sie. Klein, runzelig, schreiend und stinkend.

Das Kind, als Mittelpunkt des persönlichen Weltalls.

Beim kleinsten Schrei erstarrt das Blut in den Adern der Erzeuger. Man wird selbst den stärksten Prinzipien untreu, wenn es darum geht, den Schmerz des Nachfolgers zu lindern. Nächte werden zum Tag - die Tage zum Trauma. Man füttert, gibt Fläschchen, wickelt, cremt ein, trägt stundenlang im Kreis, streichelt, beruhigt, singt, brummt, erzählt Geschichten oder erfindet welche, aber oft ist alles für die Katz. Beim leisesten Knarren des Fußbodens erwacht der kleine Schatz, und alles beginnt von vorne.

Man filmt, fotografiert, spielt, zeichnet, musiziert, rauft, turnt, badet und balgt. Aber das erste Wort ist meist Mama und nicht Papa. Man wird angekotzt, angelullt und angeschissen - am Tag und in der Nacht.

Es kommt heimlich in der Nacht, legt sich ins Ehebett und breitet sich der Länge nach aus. Zieht an den Haaren, greift ins Auge, in die Nase oder zupft am Ohrläppchen. Die Tagesordnung bestimmt das Kind und sonst niemand, wie auch die "menschlichen" Beziehungen zwischen Mama und Papa. Denn "kommunizieren" können diese nur, wenn Bambino tief schläft, und dieses erwacht beim ersten elterlichen Lustschrei.

Die ersten Worte sind familiäre Höhepunkte, ebenso die ersten Zeichnungen und der erste Zahn.

Die ersten Freunde kommen ins Haus. Sie toben und machen alles noch ärger. Doch auch Freunde müssen sein. Sie bekritzeln die neuen Tapeten, lullen am Klo daneben, schneiden ein Loch in die neue Ledergarnitur. Aber es gibt nichts, was man dem Bambino nicht verzeiht.

Den Kratzer am Auto, die ausgerissenen Rosen im Garten, den bemalten Hund, das Loch im Spannteppich, Milch auf der Autositzbank, Joghurt auf der Hose, Kugelschreiber im Gesicht, Löcher im Kasten, Speisereste unter dem Polster oder übergelaufene Badewannen.

Kommt es dann in die Schule, beginnt erst die richtige Arbeit. Hausübungen machen, Lesen, Schmierereien, Bleistift suchen, Radiergummi lutschen, Hefte verlieren, Schultasche einpacken, auspacken, Jausenbrot mitgeben, das steinharte, alte, verschimmelte Brot wieder auspacken und die Ameisen aus der Schultasche vertreiben.

Gedichte lernen. Aufsätze schreiben, rechnen, singen, spielen, Instrumente lernen, Flöte, Geige und Klavier. Es tut sich was im Hause.

Die Sorgen werden nicht kleiner, die Hausübungen länger und schwieriger. Bald muss man passen, denn die eigene Schulzeit ist auch schon lange vorüber. Die Interessen des Kindes entfernen sich von den eigenen, es gibt die ersten richtigen Auseinandersetzungen.

Demokratie oder Diktatur. Doch die Liebe siegt, und so wird alles doch noch demokratisch gelöst.

Viele Kinder lösen sich in dieser Zeit, gehen weg, hauen einfach ab, beenden die Schule und verdienen sich ihr erstes Geld selbst.

Die Abnabelung setzt ein. Manche bleiben, studieren, leben im Hotel Mama & Papa mit Vollpension.

Sie vergessen schnell die Mühe und Sorge der Eltern, sind mit Urteilen schnell zur Hand. Sie sind kritisch mit anderen und selten mit sich. Sie sind sensibel, aber meist nur bei sich selbst.

Sind sie dann erwachsen, erleben sie alles noch einmal. Doch diesmal von einem anderen Blickwinkel. Dann beginnen sie, ihre eigenen Eltern zu verstehen. Die Zeiten verändern sich und mit ihnen die Gesellschaft, ihre Normen und Strukturen, doch die Liebe bleibt. Die Erfahrung ist ein theoretisches Faktum, machen muss sie jeder selbst.

Die Gefahren sind groß, größer denn je, doch die Angst der Eltern geht unter, im Freiheitsdrang und der Persönlichkeitswerdung des Kindes.

Sie brauchen dich, auch wenn manchmal nur dein Geld. Du fühlst dich benutzt, doch du liebst sie.

Sie suchen eigene Lieben, durchleben eigene Sehnsüchte, erleben eigene Enttäuschungen und Hoffnungen, aber sie bleiben immer deine Kinder, auch wenn sie dich enttäuschen. Du suchst immer nach Entschuldigungen für ihre Taten und betrügst dich dabei nur selbst, und gerade die, die du am meisten vergöttert hast, verteufeln dich manchmal schnell.

Sie streben nach einer Selbstständigkeit, die dich ängstlich und gleichzeitig froh macht, denn sie sind nicht dein Besitz. Sie sind geborgtes Leben für die Welt, körpergewordene Werte für eine Gesellschaft aller Lebewesen - auch für dich.

Sie sind die Hoffnung des Alters und oft die Enttäuschung des Lebens.

Sie sind Zukunft und wir Vergangenheit, die programmierte Ablöse und die Fortführung aller Wünsche, Ziele und Werte deines Lebens.

Sie sind eben deine Kinder.

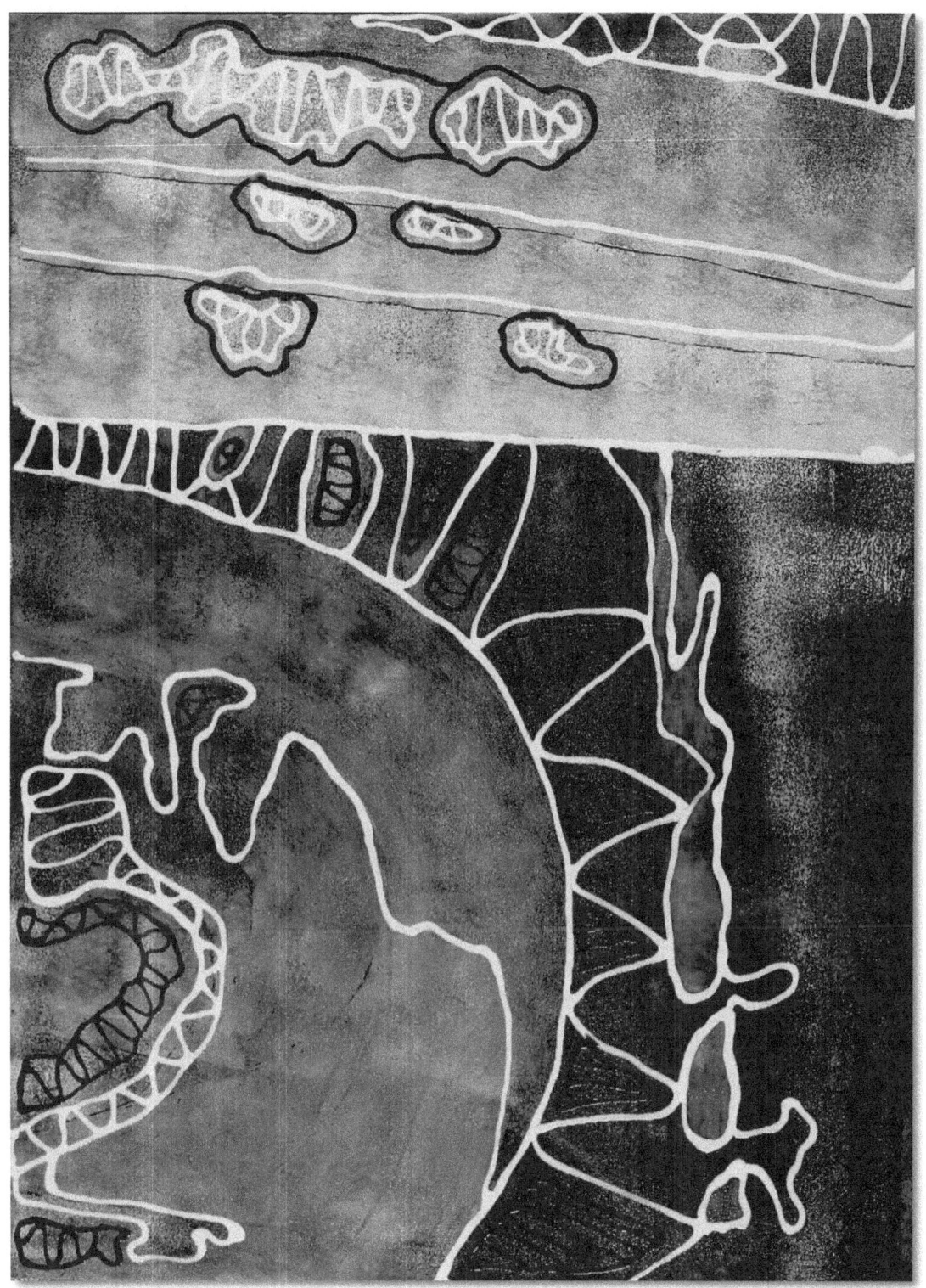

Warum

27

The times they are a changing...

Mit schüchternen 14 saß ich mit mehr als 25 Mitschülern in einer Klasse der alten Hauptschule, gleich rechts neben dem Haupteingang. Buben räumlich streng getrennt von Mädchen. Durch die geschlossenen Fenster bekamen wir mehr Frischluft, als uns lieb war, denn es zog durch die Ritzen, die schon Spalten waren und diejenigen, die im Winter neben den Fenstern saßen, fehlten mehr, als die anderen. Neben dem Ofen, der täglich vom Schulwart eingeheizt wurde, saßen die „Rotgesichter", sie schwitzten, nicht nur wegen des Unterrichts. In der Pause gab es Milch in Gläsern, vom Schulwart und der mit Asphalt betonierte Schulhof war voll mit Kindern. Die Pausenglocke wurde noch händisch betätigt, und wenn der Schulwart einmal später läutete, regte das niemand auf. Später wölbten sich die Fußböden in den unteren Klassen zu kleinen Hügeln, und man hätte glauben können, Riesenmaulwürfe sind darunter, doch die Wurzeln der Kastanienbäume im Hof strebten nach Ausbreitung. Die Direktion war ein kleiner „Schlauch", den man heute nicht einmal als Abstellraum verwenden würde. Am Gang standen die giftigen Präparate verschiedener Tiere in den Glaskästen. Ab und zu holte man eines in den Unterricht, und man konnte es Stunden danach noch riechen. Die Klassen waren oft mit 45 Kindern vollgestopft, aber es war ruhiger als heute.

Sieben Jahre später kam ich als Lehrer wieder in dieselbe Schule - meine ehemaligen Lehrer wurden meine Kollegen. Ich lebte mich schnell ein, doch die Schule als Gebäude blieb gleich, lediglich ein Neubau wurde hinten angesetzt. Als Turnlehrer wurden mir die ersten Grenzen gesetzt. Mehr als die Hälfte der Turngeräte durfte man nicht mehr benutzen, denn sie waren alt und hatten kein Zertifikat, doch die Schüler liefen schnell und sprangen weit, vor allem waren sie zäh und ausdauernd. Der Werkraum für Knaben war im Keller des Neubaus. Dort arbeiteten oft 25 Kinder auf 30 Quadratmeter, und die Staubentwicklung war entsprechend groß. Einmal schnäuzen, und das Papiertaschentuch war schwarz. Der Physikraum glich einem Horrorkabinett; veraltete Mixturen aus den letzten Jahrzenten, in ebensolchen Gefäßen, machten das Unterrichten nicht gerade ungefährlich.

Alle Feiern spielten sich im Turnsaal ab – dieser war zum Bersten voll. Ski- und Schwimmkurse waren fast familiär. Wir fuhren oft mit einer Klasse von dreißig Kindern nach St. Corona oder St. Johann, und mehr als einen Schlepplift gab es dort nie. Es gab damals noch keine Computer. Die Schreibmaschinen musste man, aus alten Kästen am Gang, in die Klasse holen und im Geografiekammerl hingen alte löchrige Landkarten aus aller Welt. Im schlauchartigen Hof spielte sich ein Großteil des Turnunterrichts ab, und oft flog der Ball zur Nachbarin, was immer einen Wirbel nach sich zog.

Lehrer kamen und gingen. Wir sind und waren immer die größte Pflichtschule des Bezirkes, und die Kinder kamen in Scharen, sehr zum Missfallen der anderen Hauptschulen in der Umgebung.

Als die alte Hauptschule in ihren letzten „baulichen Zügen" lag, wurde sie noch einmal Mittelpunkt eines kulturellen Ereignisses. Jeder Raum wurde von Künstlern zu einem räumlich-individuellen Kunstobjekt geformt. Das Niveau der Arbeiten war hoch, und die damit verbundene Kreativität ließ in der morbiden Umgebung eine Atmosphäre entstehen, die fast revolutionär anmutete. Das gefiel mir wesentlich besser, als der Supermarkt heute.

Später im neuen Schulgebäude war alles anders. Die Fenster sind dicht und nichts zieht mehr. Im oberen Stock ist es heißer, als man will, und die Kinder lauter, obwohl nur halb so viel in den Klassen sind. Der Turnsaal ist ein Juwel, wie die ganze Schule auch. Unsere Schule ist heute sicher eine der modernsten Pflichtschulen in ganz Österreich. Die Pausenglocke ist ein Gong und wird elektronisch gesteuert. Schulmilch gibt es nicht mehr, dafür Cola vom Automaten und Essen in der Schulküche. Schreibmaschinen wurden von Computern ersetzt und alles ist vernetzt. Man schreibt sich keine Briefe, sondern mailt und schickt sich SMS. Beim Skikurs haben wir fast achtzig Kinder und manche davon kenne ich gar nicht.

Wir haben alles, was wir brauchen, sollte man meinen. Am Samstag ist schulfrei - das war nicht immer so und viele Schüler sind am Nachmittag während der Woche bei uns. Wir sind Vater-, Mutter- und Freundersatz geworden, und die Probleme bei den Kindern werden nicht weniger. Computer, Internet und Fernseher ersetzen Fußball und Fahrrad, Handy und SMS die persönliche Kontaktaufnahme, und viele Eltern arbeiten den ganzen Tag und haben wenig Zeit für ihre Kinder. Sie bringen das notwendige Geld, aber oft nicht die Kraft für ihre Kinder auf, ihnen spätabends noch zuzuhören. Das schlechte Gewissen versuchen sie auszugleichen, mit materiellen Zuwendungen, die zwar das Äußerliche, nicht aber das Innere zufriedenstellen. Statussymbole ersetzen Liebe und Zuwendung.

Als ich als Lehrer anfing, war ich der jüngste Lehrer und es war schwer, aber schön. Bald war ich nach dem Direktor der älteste männliche Lehrer. Heute ist es viel schwerer, aber noch immer schön. Das macht mich zwar manchmal nachdenklich, doch ich war gerne Lehrer. Die Entwicklung, die die Kinder nehmen, macht mir jedoch große Sorgen. Sie sind genauso begabt, unbegabt, fleißig und faul, frech und zurückhaltend, ehrlich und unehrlich wie früher, aber sie waren noch nie so alleine wie heute. Wir sollten darüber nachdenken.

Der Wohlstand kann doch kein Argument dafür sein, unseren Kindern die zeitliche und seelische Zuwendung zu verweigern.

The times they are a changing ...
Die Zeiten ändern sich, aber wir können viel dazu beitragen.

My Home is my Castle

Silvia wacht auf, als sich der Flachbildschirm automatisch einschaltet. Noch schlaftrunken hört sie die Stimme des Monitors, der gerade auf die zu erwartenden hohen Temperaturen hinweist. Langsam streckt sie ein Bein nach dem anderen unter der Decke hervor, während Gustav sich noch auf die andere Seite dreht und, wie immer jeden Morgen, einen „fahren" lässt. Der knallende hochfrequenzierte Ton zerreißt die Morgenstille, sendet das Signal an den, an der Decke montierten, Sensor. Dieser weckt die Kinder im angrenzenden Kinderzimmer und aktiviert die Jalousien, lässt diese hoch und die Fensterflügel auffahren.

»Let the sunshine in and the furt out«.

Silvia setzt ihre Füße auf den Cotto-Boden. Im Winter schaltet sich morgens die Fußbodenheizung automatisch ein. Ein Temperatursensor erkennt, ob es nötig ist, oder nicht.

Dann begibt sie sich in die Küche, wo bereits der Duft des Kaffees den des Schlafzimmers überdeckt. Die vollautomatisierte Küche startet in den Morgen. Der Toaster wirft die Brötchen aus; weich, halbweich oder hart.

Die Sonne scheint durch das große Küchenfenster und das Beige der Möbel stört Gustav, der Silvia bereits gefolgt ist. Er ist heute nicht gut drauf. Er betätigt einen Knopf, der unter dem Lichtschalter angebracht ist und stellt die Möbel auf Grün. In den Oberflächen des gesamten Mobiliars sind Kristalle eingelagert, die diese Farbveränderung, Raum für Raum und Tag für Tag, mit Knopfdruck ermöglichen. Am Morgen hält sich die Familie vorwiegend in der Küche auf. Daher macht sich im Moment noch keiner Gedanken darüber welche Farbe heute das Wohnzimmer haben soll.

Silvia schenkt sich Kaffee ein und holt die Milch aus dem Kühlschrank. Seit sie einen Kühlschrank besitzt, der anhand der Codes auf den Lebensmittelpackungen erkennt was fehlt und diese via Internet beim Supermarkt bestellt, braucht sie sich um den Einkauf nur mehr begrenzt zu kümmern. So wie heute, denn sie benötigt ein paar Dinge mehr, weil sie und Gustav für den Abend Gäste erwarten. Sie scrollt am Herdcomputer nach einem passenden Rezept und gibt dann die benötigten Lebensmittel in die Bestellliste ein. Ihre Tasse stellt sie auf den Küchentisch und geht ins Bad. Während sie sich wäscht und die Zähne putzt, schaut sie sich auf den - im Badezimmerspiegel eingelassenen - Monitor die Nachrichten an.

Sie hört wie die Kinder die Treppe herunterkommen. Die Klimaanlage geht mit einem leisen Surren an. Es ist schon jetzt sehr heiß draußen. Gustav öffnet die Garagentüre mit der Fernbedienung, während er noch Kaffee trinkt. Die Kinder nehmen ihre frisch gewaschene Kleidung aus dem Kasten, streng geordnet nach dem passenden Dresscode. Der ist vorgeschrieben und abgestimmt auf den jeweiligen Stundenplan der Kinder und natürlich der Jahreszeit.

Plötzlich hört Silvia ein sonderbares Geräusch aus dem Vorzimmer. Es wird immer lauter. Ein Blick auf den Hauscomputer gibt jedoch auch keine Auskunft. Am Display des Computers steht: „Unknown Error".

Der Hund, der - trotz Chip im Ohr - einfach nicht zu programmieren ist, hat in seiner Not ins Vorzimmer geschissen, weil er durch die Automatik der Geruchserkennung nicht aus dem Haus konnte. Da lieferten sich wohl die Gerüche von Herrl und Hund ein digitales Duell ...

Die Katze hat aus demselben, fehlgeleiteten Befehl, nicht das schon bereitgestellte Katzenfutter gefressen, sondern sich aus dem Aquarium einen leckeren Goldfisch gefasst. Der nasse, auf dem Boden zappelnde Fisch, aktivierte die automatische Trocknungsanlage, die wiederum den Geruch der Hundescheiße herrlich im Haus verteilt. Der aus dem Nebenzimmer herbeieilende Gustav rutscht auf dem noch weichen „Hundekrapfen" aus, schlittert voller Elan in das danebenstehende Aquarium und zertrümmert es in tausende kleinste Glassplitter, die mitsamt des restlichen Fischbestandes durch den Raum fliegen. Das ausfließende Wasser wiederum aktiviert den Notruf für Feuerwehr und Polizei.

Beim Erscheinen dieser bietet sich folgendes Bild, das sofort von der hausinternen »Security Webcam« aufgenommen wird, und stellt es zeitgleich online auf Facebook.

Unter dem Posting-Titel: »Scheißt der Hund ins Haus - dann schafft das nur Verwirrung und zerstört in jedem Fall die komplette Programmierung.«

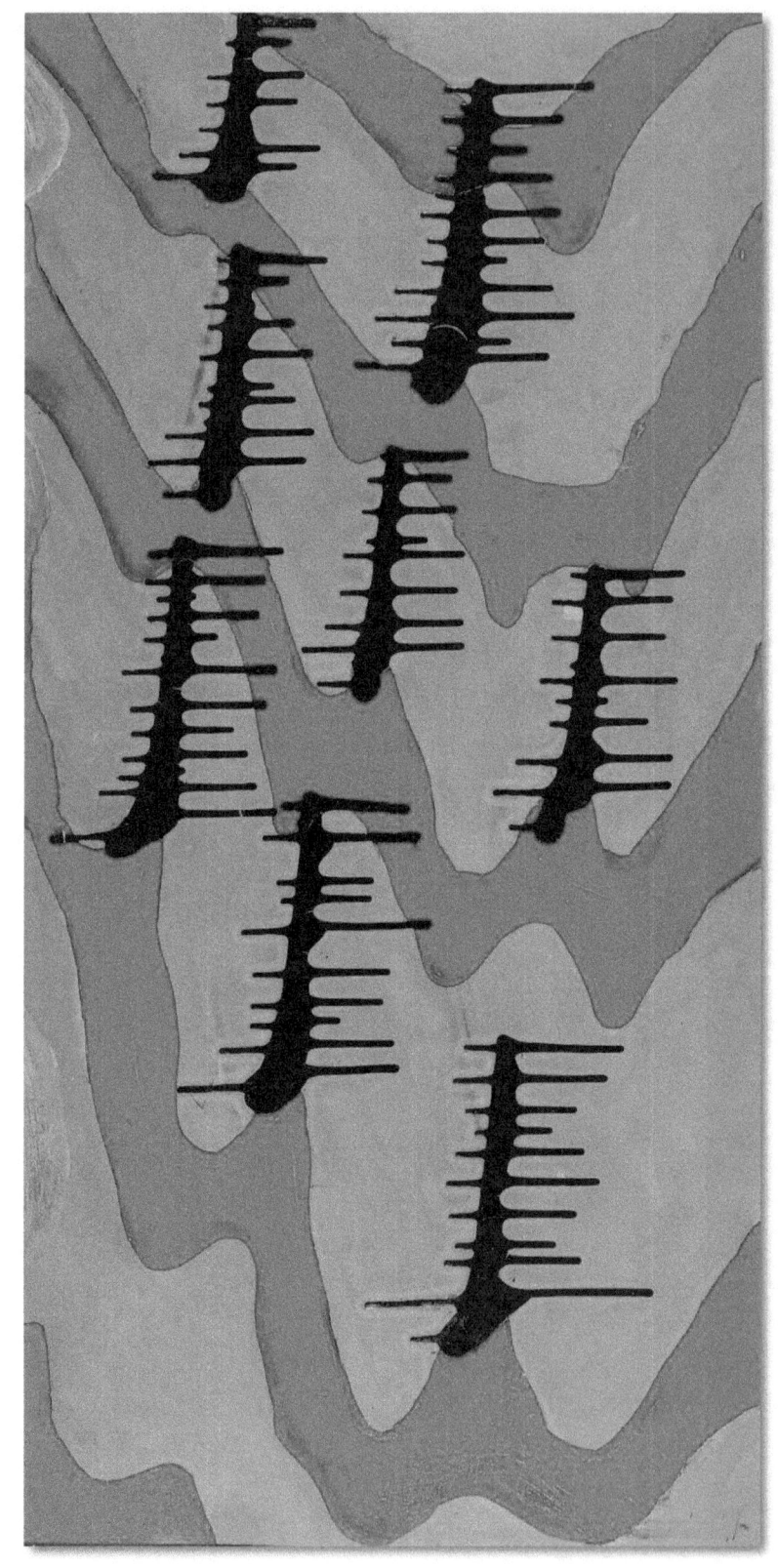

Fences

Das Leben des Bären

Geboren wurde ich, wie seltsam, in einer Schule. Papa und Mama waren Lehrer und Bubi erblickte in der Schulwohnung, in Form einer Hausgeburt, das Licht der Welt.

Natürlich hieß ich wie Papa, denn die Namensgebungsphantasie zu dieser Zeit ließ keine Bocksprünge ins Englische oder Französische zu. Gott sei Dank, denn zu Treiber passt ja nicht gerade Jean Michel oder Anthony.

Ich war kein schlechter Schüler, aber fleißig war ich auch nicht. Man förderte mich und der frühkindliche Wunsch, einmal Pfarrer zu sein, wurde von meinen Eltern dadurch erfüllt, indem sie mich in ein Priesterseminar steckten. Das hatte ich nun davon. Nur weil ich Ministrant war, glaubte man dieses Engagement sofort als göttliche Berufung zu erkennen. Die Frommheit lag mir überhaupt nicht im Blut. Im Grunde war ich ganz und gar nicht priesterlich und fromm schon gar nicht. Wenn Mami gewusst hätte, was Klein-Rudi schon in der Volksschule so alles trieb, dann wäre sie von der Kirchenbank gefallen.

Mami kleidete mich immer nett und adrett, mit Seitenscheitel und Spangerl, versteht sich. Immer gewaschen und geputzt, ganz auf Lehrersöhnchen.

Im Priesterseminar behielten sie mich nicht lange. Die Konfrontation mit den mittelalterlichen Erziehungsmethoden endete tragisch für mich. Sie schmissen mich nach drei Monaten hinaus. Wer hält auch schon tägliches Kirchengehen, stundenlanges Studieren, Gänge aufwaschen, Tische putzen, Latein, Griechisch, Exerzitien, Rosenkranzbeten ... aus? Und das mit elf Jahren.

Mit dreiundvierzig anderen "Mit-Frommen" im Schlafsaal, neben dem Erzieher, der sein Bett, wie ein Himmelbett, mit undurchsichtigen Leintüchern verhängte. Er ließ immer einen Schlitz offen, um mir bei Unruhe eine Ohrfeige zu verpassen.

Es gab nur Kaltwasser zum Waschen und Duschen - das sollte uns härten. Ehe ich zu Stahl wurde, setzte ich mich nach Graz ab. Dort verbrachte ich vier schöne Jahre in" freier" Umgebung. Ein Schloss mitten im Wald, mit Teich und vielen Abenteuern. Mami und Papi wohnten zwar weit weg, doch sie kamen oft zu Besuch. Dort wurde ich selbstständig im Geist und im Gefühl.

Nach der Pflichtschule transferierte man mich ins musisch pädagogische Realgymnasium, denn ich sollte die familiäre Tradition fortsetzen und auch den Beruf des Lehrers ergreifen. Das gefiel mir sogar, denn bereits mit fünf Jahren saß ich in Papas Klasse und hörte zu.

Mein Wesen änderte sich nicht und fauler wurde ich auch, denn die Verlockungen des Lebens waren groß, die Liebe zur Musik noch größer und es zog mich mehr zu Rockkonzerten, als in der Schule. Der Erfolg stellte sich leider nicht ein.

Doch durch alle Exzesse musste ich durch und das schulische Establishment zeigte seine Zähne. Aber die Matura war nicht wirklich ein Problem für Faulpelz Rudi.

Studieren wollte ich nicht, dazu kannte ich mich selbst zu gut. Ich hatte Blut gerochen - die Musik zog mich in ihren Bann. Dazu dauerte ein Studium viel zu lange. Nach einigen Semestern pädagogischer Akademie schloss ich ab und kam als junger Lehrer nach Podersdorf, dem Dorf mit Burgenlands meisten Nächtigungen im Sommer und dem besten Eis im Winter.

Papi kaufte mir mein Wunschauto - eine Ente - und los ging´s. Der Beruf gefiel mir und die Kinder liebten mich. Es war ein Vergnügen Lehrer zu sein. Die Umstände rundherum waren allerdings schrecklich. Lauter Kriecher und Jasager, weit und breit kein Revoluzzer. Der vorauseilende Gehorsam war ein Anstellungserfordernis. Doch sie konnten mich alle ... Ich wollte nichts »werden« und das verstanden die anderen nicht, denn sie strebten alle nach vorne, besuchten die Parteiversammlungen von Rot und Schwarz, und wenn der Schulinspektor kam, dann war die Hose voll.

Mein mangelnder Respekt kam ihnen suspekt vor, mich aber befreite er.

Meine Töchter kamen zur Welt - meine Glückssterne - und alles Vorherige verblasste. Gefühle, die ich vorher nicht kannte.

Ich begann zu schreiben, textete und komponiert. Eine Band war schnell zusammengestellt und die Livekonzerte, national gesehen, recht erfolgreich. Die erste Platte erschien relativ schnell. Es folgten noch vierzehn weitere Tonträger.

Dann fesselte mich eine neue Leidenschaft. Ich reiste viel in der Welt herum. Eine teure Beschäftigung, aber wenigstens nimmt mir das keiner mehr weg.

Mein Vater war inzwischen gestorben, das tat sehr weh und er fehlt mir heute noch sehr. Meine Mutter überlebte ihn zwanzig Jahre, sie starb vor zwei Jahren friedlich im Bett - wie in einem Heimatfilm.

Ich baute ein neues Haus. Ganz aus Holz, so wie ich schon immer wollte.

Ein Rückblick auf die Vergangenheit zeigt mir Schönes und viele Erfahrungen, die ich nie missen will.

Ich habe gelebt, exzessiv und intensiv, aber nicht lebensverkürzend. Immer bedacht auf die Gesundheit. Mit Fünfzig sagte ich meinem Lehrerjob „adieu" und stieg aus, kaufte ein Haus in Griechenland, wurde Olivenbauer und Journalist. Ich begann zu malen und die Menschen kauften meine Bilder.

Wenn ich was besitze, dann ist es die Frechheit was zu beginnen, von dem ich weiß, dass ich es nicht kann, aber trotzdem mache.

Viele Freunde kennen mich, doch nur wenige wirklich. Einige Lebensmenschen habe ich um mich, sie sind sehr wichtig für mich und ich hoffe, dass ich es auch für sie bin.

Ich kann nie stehen bleiben, muss immer etwas tun, immer an etwas arbeiten, Projekte planen, etwas gestalten.

Dass ich Menschen verletzte, das schmerzt mich, aber ich kann es nicht mehr ändern.

Die Zukunft ist kein wirkliches Thema für mich. Ich lebe für die Gegenwart. Die Hoffnung ist Bestandteil meiner Liebe zu meinen Kindern und meiner Familie. Ich lebe in ihnen weiter und was sie brauchen, das bekommen sie, solange ich lebe und gesund bin.

Das Alter ist für mich scheinbar ein Phänomen. Ich habe weder Schmerzen, noch lahme Glieder, war in den letzten zwanzig Jahren nie krank und meine grauen Haare, die sich über dem Ohr langsam zeigen, ertrage ich demutsvoll. Ich liebe Sport, spiele begeistert Fußball, fahre Ski, schwimme – etwas weniger gern, jogge - immer seltener, spiele Tennis mit wachsender Begeisterung und abnehmendem Erfolg, fahre Rad und Auto am liebsten bei guter lauter Rockmusik.

Fleisch liebe ich, wenn es mit Dessous umgeben ist, weniger im Kochtopf. Ich hasse Filme, Talkshows, Volksmusik, Bratwürstl, primitive Menschen, Schleimer und korrupte Politiker.

Ich liebe meine Familie und meinen Hund. Gerne höre ich laute Musik, und wenn meine Stereoanlage auf zwölf steht, dann wandern schon manchmal die Kaffeehäferl im Kasten hin und her.

Ich hasse die vorgesetzten Termine der Gesellschaft, wie Sylvester, Faschingsdienstag, 1. Mai, Valentinstag und andere und liebe das Unvorhergesehene. Selbst Geburtstage haben wenig Bedeutung für mich.

Seitdem ich mehr Jahre hinter mir, als vor mir habe, haben diese auch weniger Bedeutung für mich.

Ich schlafe gern und lange. Sehe gerne fern, am liebsten Dokumentationen, Tierfilme, Musikvideos, Nachrichten, Reiseberichte und die Lottoshow, vor allem wenn ich gewinne.

Ich hasse die Quotensender mit ihrem Boulevardstumpfsinn. Aber sie sind ein Zeichen der Zeit, denn die Masse ist dumm und die Medien richten sich danach.

Manchmal bin ich arrogant, um mich von Dummen fernzuhalten. Ich möchte nicht mit jedem reden, nicht alles machen und nicht überall der Sunnyboy sein. Ich bin froh auch Feinde zu haben, denn das grenzt ab und das ist wichtig heutzutage.

Ob ich ein Arschloch oder ein toller Mensch für andere bin, ist mir egal. Das müssen sie entscheiden, und wenn ich sterbe, wird die Welt sich normal weiterdrehen. Ein Einzelner ist nichts im Vergleich zu den Jahrtausenden der Erde. Aber wir leben weiter in den Seelen und Gehirnen derjenigen, die uns lieben.

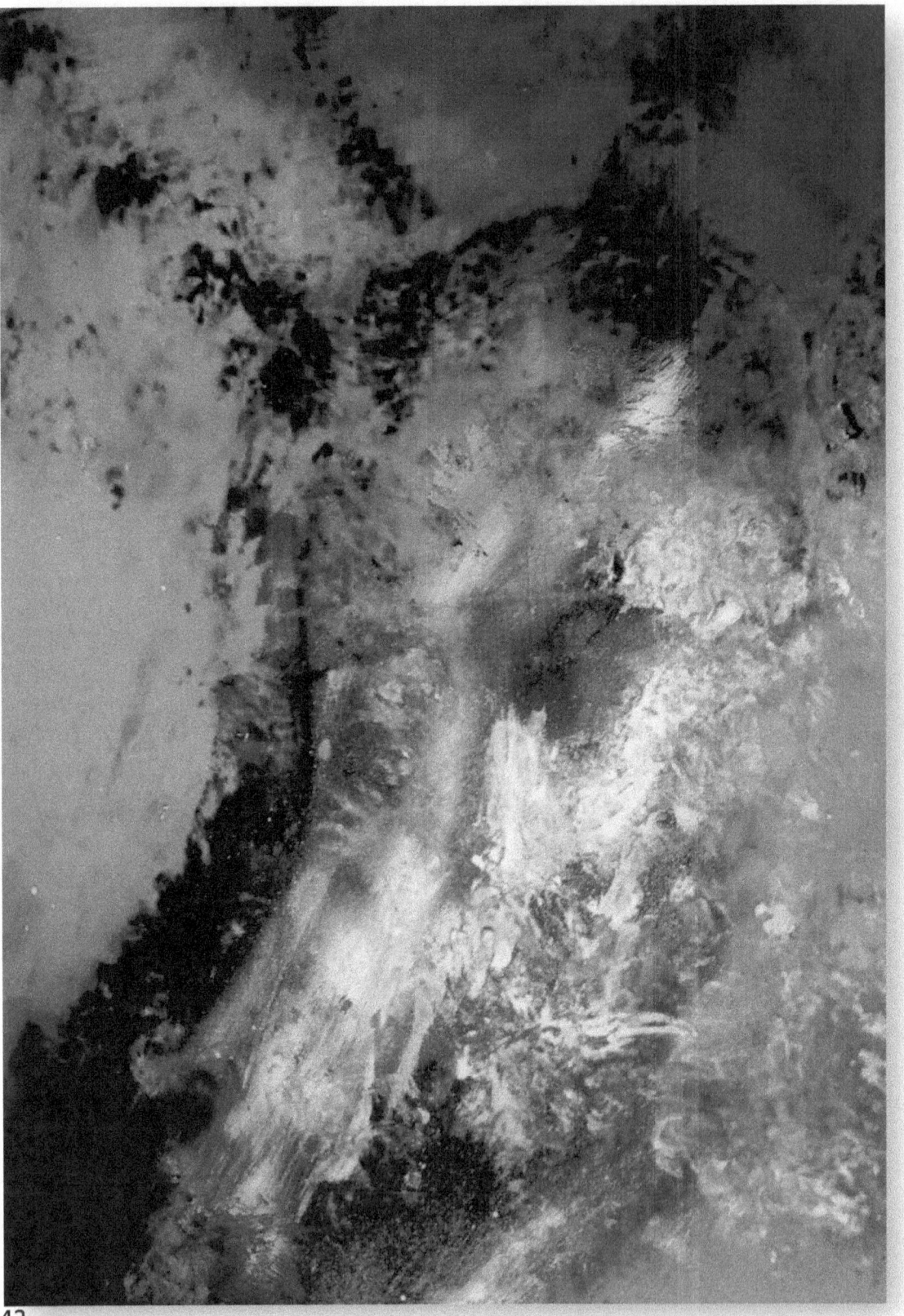

Eine runde Hymne

Land der Affären, Land der Gastronome,
Land der Lobbyisten, Land der Telekome,
Land der Hämmer, Zapfenstreich,
Heimat bist du kleiner Löhne,
Volk der reichen gstopften Söhne,
vielgerühmtes Öhöhösterreich,
vielgerühmtes Öhöhösterreich.

Viel geredet, nur gestritten,
erfüllst der Rechten kranke Bitten,
deren braunen Machtbereich,
hast seit frühen Kindertagen,
nur die Mächtigen ertragen,
vielgeprüftes Öhöhösterreich,
vielgeprüftes Öhösterreich.

Mutig in die neuen Pleiten,
täglich nur aufs Neue streiten,
arbeitslos und hoffnungsreich.
Einig lass in Schwesterchören,
Mutterland dir Treue schwören,
vielgeliebtes Öhöhösterreich,
vielgeliebtes Öhöhösterreich.

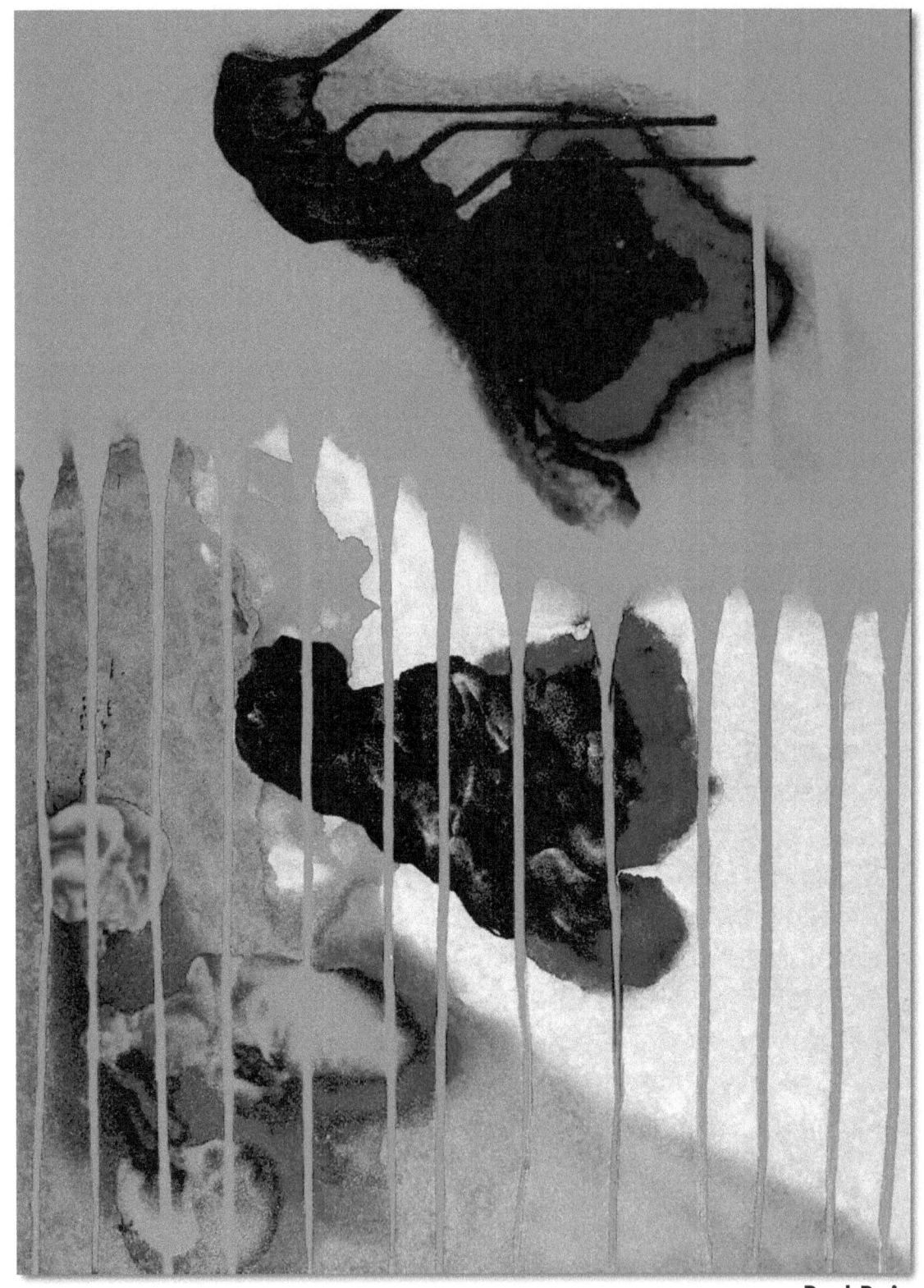

Red Rain

ÖBB tut weh

Als passionierter Bahnfahrer freue ich mich darauf, nach einer anstrengenden - aber sehr schönen - Florenzbesichtigung, die Heimreise nach Wien im Schlafwagen anzutreten. Ich möchte ausgeruht und erfrischt meinen Kurzurlaub beenden, den Strapazen einer langen Autofahrt im Stau entfliehen. Schon nach einer Stunde quält mich der Hunger und ich packe mein „Fresspaket" aus, denn Speisewaggon gibt es leider keinen. So sehr freute ich mich darauf, während des Essens die Landschaft vorbeisausen zu lassen. Ruhig ist es jedoch nicht, denn der laut schreiende Rollwagenverkäufer will seine altersschwachen Wurstsemmeln und „Gewürzstangerl" anbringen - die jeden Gaumen bereits beim Anblick erschaudern lassen und das zu einem Preis, der mehr als gesalzen ist. Enttäuscht sieht er mich essen und schiebt seinen Karren weiter durch die Gänge.

Vom tagelangen Hatschen, von einer Kulturstätte zur nächsten, schlafe ich trotz meiner 185 cm auf dem viel zu kurzem Hängebett schnell ein. Träume von Michelangelo und Leonardo da Vinci.

Das ältere Liebespaar ober mir turtelt herum, weckt mich damit und ich verdächtige sie scharfsinnig als »Seitensprüngler«.

Kaum bin ich wieder eingenickt, reißt ein junger Mann die Türe auf und schiebt einen riesigen Koffer in das ohnehin schon überfüllte Abteil. Ein „italienischer Koffer" - auch der Besitzer. Ich wage es ihn vorwurfsvoll anzublicken, doch seine Augen, hinter den Neun-Dioptrien-Gläsern, zeigen keinerlei Reaktion. Bis er dann noch seinen schwabbeligen Körper in Schlafposition bringt, vergeht locker eine Stunde. Auf die Abendtoilette verzichtete er großzügig und man riecht das auch. „Latin-lover" schauen anders aus.

Kurz schlafe ich wieder, da weckt mich ein Läuten, wie in der Kirche, wenn die Ministranten in voller Aktion loslegen. Die Mineralwasserflaschen auf der Ablage berühren sich im Takt des fahrenden Zuges. Da sie alle unterschiedlich voll sind, verursacht dies ein richtiges Konzert.

Endlich finde ich Ruhe, aber plötzlich reißt mich das penetrante Schnarchen des stinkenden Italieners aus dem Schlaf. Ich pfeife, schnalze, schnipse und klopfe, aber keine Reaktion. Irgendwann falle ich dann vor Müdigkeit in Agonie. Aber nicht für lange ...

Der nächste Italiener steigt ein und belegt den letzten Schlafplatz. Das Abteil platzt aus allen Nähten und sein Koffer steht in der Mitte - auf meinen Schuhen!

Der feine Pinkel hat einen Pyjama mit, wenigstens legt sich der Duft seines Deodorants über das ganze Abteil und neutralisiert sogar Stinkers Ausdünstungen, die nicht nur aus dessen Haut kriechen.

Ich schlafe ein. Doch meine Blase lässt mich erwachen. Jemand öffnet plötzlich die Tür, denn der letzte Bewohner unseres Abteils hat vergessen abzuschließen. Eine Hand greift herein, will sich eine Reisetasche schnappen. Ich fasse mir ein Herz, schnappe nach der Hand und ziehe das, was daran hängt, schnell herein. Ein Mann fällt auf den Boden, ich auf ihn. Ein Tumult ist die Folge, doch ich gewinne. Ich fühle mich wie Last Action Hero aber keiner weiß das zu würdigen. Alle sind jetzt hellwach. Ich sitze noch immer auf dem Eindringling, der nach Luft schnappt. Der Schaffner wird geholt, ein bodenständiger Kärntner. Er nimmt den Dieb mit und haut ihm gleich am Gang eine ordentliche

Watschen runter - oder mehrere. Gezählt habe ich sie nicht, aber Streicheleinheiten waren es nicht. »Ein Marokkaner« - ist seine fachmännisch-rassistische Einschätzung. Lei Lei.

Ich bin aufgewühlt und stolz auf mich. Ich verhinderte einen Raub und die ältere Dame schaut mich bewundernd an. Ganz wie im Fernsehen.

Ich lege mich wieder hin. Kaum eingeschlafen, bringt der Kärntner Watschen-Schaffner den ungenießbaren Kaffee - der in Marokko nicht schlechter sein kann. Auf die Frage, was nun mit dem „Marokkaner" passiert sei, kommt die Antwort: „Wos sulln ma mit de Gfrasta umardum scheissan, hob ihm bei da nächstn Station ausighaut". Lösung a la ÖBB Carinthia. Und schon bald bin ich in Wien.

Mein Abenteuerurlaub ist zu Ende. Ich gehe ins Bahnhofsrestaurant und bestelle mir ein Frühstück - mit einem anständigen Kaffee. Danach schlafe ich einfach im Sessel ein. Als ich nach 20 Minuten wach werde, ist mein Koffer weg. So eine Scheiße, das war sicher ein Marokkaner.

Hasta la Vista Baby!

Aloha

In lauter Trauer verabschieden wir uns von unserem Freund,
Vater, Mann, Exmann, Expartner, Bruder

Rudi Treiber

geb. Rudakis Treiberopoulos

der sich am Samstag, dem 10. Juli 2043, versehen ohne Firlefanz, vom Dorfpfarrer Mobuto aus Nigeria, abgesetzt hat ins ewige Nirwana der Hoffnung und Erfüllung. Er wird sich dort am ewigen sonnigen Strand des blauen griechischen Meeres niederlassen, seinen täglichen Kaffee zu sich nehmen, gute Rockmusik hören und sich von jungen Frauen die tägliche Zeitung bringen lassen.

Unser lieber Verstorbener wird am 17. Juli beim Song der Dire Straits „Sultan of Swing" im Meer versenkt. Begleitet von einer guten Flasche Olivenöl, einem Laptop, iPhone, Leinwand, Pinsel und Gitarre. Im Anschluss treffen sich alle geladenen Freunde in der Taverne „Erotiki Rudakis" zu einem Umtrunk. Die dafür zur Verfügung gestellten 5.000,00 € müssen restlos aufgebraucht werden, sei es durch Live Musik, Essen, Saufen oder bezahlen der Anzeigen wegen Lärmbelästigung.

Es war sehr schön, es hat mich sehr gefreut.

Pfora et Labora, Diktatur und Schnorra

Die Glocken läuten schon lange nicht mehr so hell und klar, wie sie sollten. Der Ton wirkt blechern und verlogen und keinesfalls mehr beruhigend und Hoffnung gebend. Ihr Klang erreicht nicht mehr die Ohren derer, die kommen sollten, sondern wirkt auf die breite Masse störend und unangenehm. Die Kirchen werden leerer und leerer. Doch die Herrscher der Kirche träumen weiter, wollen die Gründe dafür nicht wahrnehmen. Lieber suhlen sie sich im Märchen der vergangenen Zeit. Damals, als die Armut groß, die Zeiten schlecht und die Kirchenbänke voll waren.

Ja, in schlechten Zeiten, da rückt man zusammen. Kommt sich näher, braucht Gott und den Glauben. Sonst hat man ja nichts mehr. Kaum Geld, keine Arbeit, keine Ziele. Die Familien zerrissen von Tod und Armut, keinen Mut mehr, um etwas zu ändern und die einzige Möglichkeit etwas Abwechslung in das triste Dasein zu bekommen ist die Kirche.

Die Kirche, ein Ort des Zusammenhaltens und des Friedens. Ist sie das wirklich? Braucht man auch jetzt und heute die Kirche? Zumindest diese Kirche, so wie sie ist?

Rückständig, erzkonservativ, diktatorisch im Inneren - hilflos nach außen. Mag sein, dass dies immer schon so gewesen ist, dass sich an diesen Grundmauern nichts geändert hat, doch früher konnte das durch Unterdrückung und Macht gut verborgen werden, heute geht das nicht mehr so einfach.

Leise schleichen geheime Informationen durch die im Laufe der Zeit entstandenen Risse der Kirchenformation. Fakten über Gier, Missbrauch, mittelalterliche Standpunkte, an denen keiner zu rütteln wagt und Weigerungen, die Weiterentwicklung der menschlichen Rasse auch nur im Entferntesten akzeptieren zu wollen.

Eisern halten die Mitarbeiter der Firma Kirche und selbsterhobene Boten Gottes, an Regeln fest, die bereits seit Jahrhunderten unverändert bestehen. Die wenigen, die es wagen in den eigenen Reihen auch nur eine winzige Änderung vorzuschlagen, finden sich bald darauf ausgeschlossen und verleumdet im Dschungel der Wirklichkeit.

Die Denkanstöße, die von der Gesellschaft der Kirche kommen, bleiben ohne Reaktion. Sie verzettelt sich in Kleinigkeiten, winzigen Schritten und realitätsfremden Aktionen. Kaum eine Institution bietet so viele Verbesserungsmöglichkeiten wie die Kirche in der jetzigen Zeit. Es ist ihr einfach nicht möglich, die Diskrepanz zwischen Gott und Kirche, zwischen Glauben und Organisation, auszugleichen. Noch immer halten sich die vielen Gegensätzlichkeiten und Unglaubwürdigkeiten verbissen fest.

Wenn ein „weltliches" Unternehmen es wagen würde, sich so vehement zu wehren, auch nur einen einzigen Schritt in die Jetztzeit zu versuchen, würde das den sofortigen wirtschaftlichen Untergang bedeuten.

Für einen normalen Menschen ist es absolut unverständlich, warum Priester noch immer kein normales Familienleben führen dürfen, aber in ihren Predigten und bei Hochzeiten so intensiv darüber berichten, dass es lächerlich wirkt. Warum Nonnen nicht heiraten können oder Geschiedene zwar brav Kirchensteuer bezahlen müssen, aber keine Sakramente empfangen dürfen. Warum der Papst, der jährlich millionenverschlingende Reisen unternimmt, die Pille verbietet, Kondome ablehnt und Geburtenregelung missbilligt. Da sieht er lieber zu, wie Millionen von Kindern leidend an Hunger und schwer krank in den Armen ihrer AIDSkranken Mütter sterben. Warum Frauen keine Priesterinnen werden dürfen, obwohl der Großteil des kläglichen Restes an Kirchenbesuchern weiblich ist und warum die Vertreter der Firma »Kirche«, mit ihren mittelalterlichen Äußerungen, die immer kleiner werdende Zahl an Gläubigen noch mehr dezimieren.

Voller Hoffnung holte man den Mann aus Argentinien an die Spitze der Kirchenmacht. Zwar ist er nicht bis ins Knochenmark konservativ - wie seine Vorgänger - aber trotzdem befindet er sich in der Geiselhaft von Rom und seiner Tradition. Es ist ihm also vorbestimmt, auf den Wellen der verrosteten Tradition weiter in der Vergangenheit herumzutümpeln.

Kritik innerhalb dieser Diktatur ist nicht gestattet und wird rigoros bestraft. Kaum einer bringt genug Mut für das Wagnis auf, sich gegen die verhärteten Strukturen dieser männerdominierten Altherrenwirtschaft aufzulehnen.

Skandale würgt man ab und viele »göttliche Lustmolche« können so lustvoll weitermachen, wie bisher. Kaum findet die eine oder andere Handanlegung oder Schlimmeres, an kleinen „Zöglingen", den Weg in die Öffentlichkeit und wenn, dann meist erst nach Jahrzehnten.

Die fettbäuchigen Kuttenträger halten zusammen. Aber Vergangenes ist nicht vergessen und trotzdem schützen sie die aus den eigenen Reigen.

Die Mitglieder der Bodencrew des Himmels sind auch nur Menschen und haben menschliche Bedürfnisse. Wenn sie diese nicht offiziell ausleben dürfen, dann suchen sie sich halt ihren eigenen Weg.

Es verwundert nicht, dass sich kaum noch junge Menschen finden, die den Beruf des Priesters ergreifen wollen. So holt man sich für manches Gebirgsdorf einen Priester aus Nigeria oder für ein burgenländisches Dorf einen aus dem Kosovo.

Millionen Menschen flüchten auf der ganzen Welt in Ersatzreligionen oder Sekten. Esoterik boomt. Heiler, Handaufleger, Wahrsager und andere Scharlatane machen ein gutes Geschäft, weil die Menschen in ihrer Sinnesfindung von solchen Dampfplauderern magisch angezogen werden.

Diese Entwicklung zeigt bereits sehr deutliche Signale. Deutlicher können sie gar nicht mehr sein. Doch die Kirche mit ihr ihren „Systemfundamentalisten" schläft dahin. Tief und fest. So verringert sich weiterhin die ohnedies kleine Schar der Schäfchen am Sonntag und das, obwohl die Menschen den Halt, die Hoffnung und die Gemeinschaft dringender bräuchten als zuvor.

Die Kirche findet sich in der Ignoranz der Entwicklung ihrer Gläubigen, und in der Unfähigkeit sich selbst durch Erneuerung zu retten.

Es ist gelungen den Kommunismus hinwegzufegen. Wird es auch gelingen, die unzeitgemäße Struktur dieser Kirche zu ändern?

Viel Zeit ist nicht mehr. Die Glocken läuten nicht mehr so hell und nicht mehr so lange. Es ist Zeit aufzuwachen, ehe uns die Generation der alten »Mutterln« wegstirbt und niemand mehr nachkommt.

Öffnet die Kirche! Lasst die Pfarrer Sex machen, denn das machen sie ohnehin schon immer. Lasst die Nonnen Kinder bekommen, anstatt die Totgeburten irgendwo zu verscharren. Hört auf, für die unehelichen Kinder der Pfarrer Alimente zu bezahlen und seid endliche einmal ehrlich zu euch selbst.

Setzt euch in euren eigenen Beichtstuhl und tut Busse! Und gebt den Menschen das, was eure Aufgabe ist: Zukunft, Glaube, Hoffnung und Trost.

Jetzt, bevor es zu spät ist!

Stars, Stars, Stars

Sie stehen ganz oben am Firmament - die Sterne, die uns den Weg leuchten. Sie glänzen, mehr als alles andere auf dem nächtlichen Himmel der Begierde. Sie leuchten auch dann in der Nacht, wenn alles andere den Glanz verliert.

Der Mensch besitzt einige Gemeinsamkeiten mit den Sternen. Er möchte glänzen und leuchten. Viele von uns wünschen sich heller zu sein, als alle anderen. Manche leuchten dann kurz auf und verschwinden wieder in der Dunkelheit.

Die "Stars" die auf ihrem eigenen Himmel der Oberflächlichkeit hängen, vermehren sich. Gerade in der Gesellschaft der Durchschnittlichen drängen immer mehr "unbedeutende" Schwätzer ins Rampenlicht der Öffentlichkeit, um sich Butter aufs nicht verdiente Brot zu schmieren.

Es wimmelt nur so von Stars. Starköche, die mit dubiosen Hauben in ihren, ach so tollen, Küchen kochen. Starfriseure, die auch nicht mehr als schneiden können, aber wichtige Prominente anlocken und abzocken. Starwinzer, die jeden Schwachsinn mitmachen, nur um gesehen oder gehört zu werden. Die Güte ihrer Produkte glänzt weniger an Qualität, Hauptsache die Quantität passt und das dämliche Bauerngesicht muss aus jedem Magazin lächeln.

Politstars werden erzeugt, aus dem Zustand einer politischen Hilflosigkeit heraus. Man zaubert Bubis und Mäderl in den medialen Mittelpunkt, aus Angst vor der politischen Zukunft, wenn schon die Alten in der Partei nix mehr schaffen. Das eigentliche Wohl der Menschen ist für viele Politiker nebensächlich, wichtig ist nur der Machterhalt ihrer Position und der der Partei. Und immer wieder erwähnen sie an allen Ecken, dass sie sich nur für das

Wohl des Landes und ihrer Bürger aufreiben. Oft frage ich mich schon, für wie blöd sie uns eigentlich halten?

Die dümmliche Masse muss man um jeden Preis befriedigen, ohne dass es bemerkt wird. Stars von »lugnerscher« Qualität erscheinen aus dem Nichts und beschenken uns mit intelligenzraubendem Schwachsinn. Wir sind umzingelt von unerträglichen Radio- und TV-Stars, die viel verdienen, wenig können aber viel Schwachsinn von sich geben und das auch noch auf Kosten unserer ORF-Zwangsgebühren.

Die unerträglichen „Seitenblicker", die uns täglich in den Society-Magazinen die Laune verderben. Die unzähligen selbst ernannten Künstler, die mehr künstlich als natürlich agieren. Die Musiker, die musikalischen Stumpfsinn an die noch dümmere Masse abgeben und dadurch massenhaft diesen Schund verkaufen. Auch unintelligente Menschen haben ihre Lieder. Die Schriftsteller, die ausnahmslos über Joggen, Laufen, Kochen, Abnehmen, Esoterik und Skandale schreiben. Die Moderatoren, die menschliche Tragödien wie Unterhosen an die sensationsgeilen TV-Glotzer verkaufen. Die Journalisten, die nur schreiben, was die anderen wollen und vor den Mächtigen die Schwänze einziehen.

Stars der eigenen Kreation. Komplexler, die sich neurotisch in den Vordergrund drängen - kleine arme Arschkriecher, die mit ihren Minderwertigkeitskomplexen nicht zu Rande kommen. Auffallen, um jeden Preis. Es ist nicht genug, so zu sein, wie sie sind. Sie müssen immer eine Rolle spielen, eine Rolle, die sie sich selbst verpassten und von der sie glauben, sie ein Leben lang spielen zu müssen. Unfähig einmal loszulassen und einfach »selbst« zu sein.

Stars der menschlichen Unzulänglichkeit, die nur auf Bluff und Geschwätz aufbauen. Sie sind gefangen in einem Zustand des „Nicht »Ich« Sein Könnens". Traurig und erbärmlich.

Denn wirkliche Stars leuchten, mit einer inneren Kraft. Sie glänzen strahlender, intensiver und nachhaltiger. Die Energie ihres Lichtes wird genährt durch humanes Denken, emotionelle Gefühle, Berührungen, soziale Einstellung und Toleranz.

Sie brauchen sich nicht selbst zu krönen. Benötigen keinen Thron aus kitschigem selbstgefälligen Marmor. Wir finden sie einfach unter uns und sie leuchten in unser Leben.

Facebook World

Während ich mir am Morgen den Kaffee aufstelle, werfe ich den Laptop an, dringe ein in mein Facebook-Leben und zu meinen fast 5.000 „Freunden". Ich bin in einer anderen Welt.

Ich fühl mich geborgen, verstanden und geliebt. Laufend kommen „Postings" rein. Maria postet ein Bild ihrer Katze Minki, die sich grad am Sofa breit macht. Eine von 20.000 Facebook Katzen. Und allen gefällt das. Herbert wünscht seinen Freunden einen schönen erfolgreichen Tag, Silvia gibt Philosophisches von sich: „Mit dem heutigen Tag beginnt der Rest meines Lebens". Ach wie nett, nicht zu glauben. Hans hat ein neues Profilbild reingestellt, und John gratuliert Hermine zum 34. Geburtstag. Angie postet das 30. Sonnenbild für ihre Blumenkinder und bekommt viele „Gefällt mir" dafür. Eva hat einen Song für alle Wilden: „Highway to Hell". Na, aber dann schnell dorthin. Harri postet Geheimnisvolles: „Der Meteor kommt unangemeldet" - eine Einladung wird er nicht schicken - und Klara zeigt ihre selbst gemachten Stoffpuppen von ihrer letzten Ausstellung. Gustav stellt ein Video vom letzten Fußballspiel SC Pama gegen Gattendorf rein, herrliche Szenen. Und Ed kommentiert das wie immer und wie zu allem: "Früher war alles besser". Als ich damals usw. Karin schickt Herzerl an Fipsi und der „herzerlt" zurück. Gloria zeigt ein „Selfie" vom Ausflug mit Hund „Robbie", beide sind nett, aber ob sie auch das Highlight des Tages sind? Emmerich gibt kund, dass er grad auf die Toilette geht, aber gleich wieder da ist. Da könnte man ihm empfehlen: Emmi bitte geh schei... . Axel zeigt eines seiner selbst gemalten Bilder, die keiner kaufen will. Hans bittet dich seine Seite „Gulaschtreff im Prater" mit „gefällt mir" zu versehen und Elfriede hat ihren Beziehungsstatus auf „geschieden" geändert. Na bitte, wieder eine Facebookerin auf dem Markt. Worauf Klaus schreibt: "Hey Elfie wann steigt die Divorce Party?" Michael postet, dass er eben 12 km gelaufen sei, in 54 Minuten und 12 Sekunden und Anna aus Podersdorf zeigt ihre eben gemachten Dampfnudeln, während Arnold aus Zakynthos postet, dass es grad 32 Grad im Schatten hat. Soeben kommt eine Freundschaftsanfrage: „Hi I am Sandra, you look very sexy, I saw your profile in Facebook, call me and we will have much fun". Einfacher wärs gewesen: „Do you wanna fuck, yes or no".

Nach einer Weile etwas geschäftliches:" Hello, I am a prince of New Brugharia in Saudi Arabia and i want to invest my money in your country, can you help me?". Sucht da einer einen Trottel? Aber es wird genug davon geben, sonst würden sie das nicht machen. Helga zeigt Fotos von der Geburtstagfeier ihrer 2 jährigen Tochter und Hubsi postet einen Link, wie man einen alten Rasenmäher startet. Gerlinde wünscht einen schönen Tag und wünscht sich den Freitag herbei. Meine falschen Freunde setzen mir einen Song der Amigos auf meine Chronikseite und Katherina schreibt mir im Chat: "Hi Schöner, wie geht's dir denn heute?". Klaus lädt mich zum 4ten Mal zu seinem Konzert ein, das ich mit Sicherheit nicht besuchen werde, aber ein "gefällt mir" bekommt er. Christian aus Dortmund stupst mich schon wieder an, nicht zu glauben auf wen ich alles Eindruck mache, und Melitta postet das Rezept ihres Hirschragouts. Walter bringt einen Witz mit Betriebsanleitung ins Rennen und Christiane zeigt ein Selfie mit sich und Alfons Haider. Jetzt mache ich aber wirklich bald die Flasche auf, nur um das Ganze durchzustehen. Edgar postet wieder einen seiner tollen Sprüche: "Träume nicht sondern lebe" und auch die Esoterikabteilung, in Form von Edina, meldet sich heilsbringend zu Wort und schreibt: „Die Zonenelektrolyse der Sexualität im Traum und ihre Rekonvaleszenz". Herbert lädt ein zur 60er-Feier seiner Tante, Motto:,"Man wird nur einmal 60", ach wirklich? Olga spielt schon wieder zum x-ten Mal im selben griechischen Lokal, wo der Salat zum Kotzen und die Preise zum Weinen sind. Oliver wünscht Gabi zum Geburtstag "Happy Bürsdei Schnukelhase". Der bekannte Musiker John No-Name ist tot und alle posten RIP, Rest in Peace. Conny gibt coole Anlagetipps für angehende Millionäre und Gabi stellt ein Foto der letzten Fraktionssitzung der Partei rein, urspannend, mich haut´s völlig um. Wieder schiele ich zur Schnapsflasche, aber der Tag ist noch lang. Leo zeigt sein exklusives Weingut und Robert seine rote Nase, Silvia ihr neues Dirndl mit drallen Brüsten und erwartet ein „fesch, aaahh, oooh, super" und Gerlinde rekelt ihr spindeldürres Geripppe am Felsen eines griechischen Meeres. Liselotte postet eine Werbung für Sonnenbrillen und Renate fordert mich nun schon zum 25ten Mal auf „Dragon Queen" zu spielen, eines von den vielen schwachsinnigen Spielen, das Facebook anbietet. Virginia postet was aus ihrem Urlaub in Englisch, bzw. das was sie für Englisch hält: "This town is really a unbelivebal city with many cafes and good people". God save the Queen, kann man da nur sagen. Manuel sagt sein Konzert ab, es haben sich nur drei Teilnehmer gemeldet und Sabine fordert ihre Freunde auf: „Ich bin auf Wolke LecktsmichamArschallemiteinander".

Anni wünscht einen schönen Abend und lustvolle Träume, worauf Karl zurückschreibt: "Ich komme gleich".

Facebook ist doch ein tolles Reservoir, wenn Not am Mann ist. Hugo schickt Fotos aus seinem Leichtflugzeug und beschwert sich über seine Patienten, die zu blad sind und die es nicht einsehen wollen, auch wenn der Schneider schon Kilometergeld verrechnet. Provozierenderweise poste ich "Würde man den Führerschein von einem Intelligenztest abhängig machen, gäbe es um 70% weniger Autos und 40% weniger Unfälle". Die Aufregung ist groß bei denen, die solche Tests fürchten und mitunter werden manche auch untergriffig, aber meine Toleranz ist nicht endend, besonders bei denen, die die Natur mit weniger (von was nur?) ausgestattet hat. Alexander: „ich glaub, du kannst nicht rechnen??" Andrea: "Ich kenne viele intelligente Raser" und so geht's weiter, bis mich mein Musik Freund Sigi Maron mit dem Song „Waunn die Hirntoten angsoffen Autofahren" erheitert. Je später die Stunde, umso dramatischer die Postings der Einsamen, Geilen, Aggressiven, Philosophen, Alleswisser und Beeinflusser. Kurt lädt ein zum kollektiven Yoga im Kraftfeld am See. Fragt Hans: „Soll ich Hanteln mitnehmen?". Provokanterweise sage ich das Ergebnis eines Fußballmatches voraus. Na mehr brauchst nicht. Ich werde verbal vernichtet. Emmerich fragt: "Herst Rudl, saufst du schon um diese Zeit?" In der Tat jetzt wäre der nächste Schnaps fällig, aber ehe ich zum Alkoholiker werde, steige ich aus, hinaus aus dieser Welt der Einsamen, Besserwisser und Beeinflusser. Ich möchte aber nicht vergessen zu erwähnen, dass Facebook auch sein Gutes hat, wie eben alles auf dieser Welt zwei Seiten besitzt. Es kommt immer nur drauf an, wie man mit einer Sache umgeht, wie und was man damit erreichen will. Man kann ein Messer zum Brotschneiden, Apfelschälen, Tomatenschneiden, Bleistift spitzen - aber auch zum Töten benutzen.

Politiker – die, die dem Volk dienen

Politik und Politiker bedeutet Macht und ihre Profiteure, mehr nicht.

Die ursprüngliche Aufgabe dieser Berufsgruppe, nämlich die, dem Volk zu dienen, wird nur von ganz wenigen als solche wahrgenommen. In Wahrheit „be-dienen" sie sich nur selbst. Schaufeln in ihre gierigen Mäuler alles, was sie ergreifen können, ohne darauf zu achten, wie viele erdrückt werden. Jeder von ihnen versucht so viel Macht und Einfluss wie möglich an sich zu reißen, denn Macht ist das Zauberwort das alles ermöglicht. Es ist die wichtigste Zutat im großen Suppentopf jeder Regierung. Im Dress der Macht stehen sie im Mittelpunkt und können Druck auf andere ausüben oder sich Vorteile verschaffen. Sie packeln, verhandeln, intervenieren, stehlen und hintergehen.

Die Politiker der Nachkriegsgeneration haben sich eine Mentalität angeeignet, die man als Wettkampf am Futtertrog Geld bezeichnen kann. Dementsprechend lockt dieser Wettkampf auch immer nur dieselben Menschenmentalitäten an. Diese Mentalität offenbart sich immer mehr und sie ist wirklich beschämend. Die Wahlergebnisse zeigen immer häufiger, dass die Schnauze der Bevölkerung bereits voll ist. Es gibt keine absoluten Mehrheiten mehr und die Zahl der Nicht- und Protestwähler wird immer größer. Sie bilden bei manchen Wahlen schon die Mehrheit. Das Geld dreht sich im Kreis – die Macht auch und sie dreht sich mit dem Geld - immer mehr. Der Mittelstand wird langsam vernichtet, die Reichen immer Reicher und die Armut immer größer.

Viele Politiker arbeiten mit einem festen Netz, sichern sich ihre Pensionen durch Herumsitzen auf ihren fetten Ärschen in Gremien und Parlamentssitzungen, fordern und erhalten Diäten bis zum Erbrechen und kriechen uns Monate vor den Wahlen in den Arsch - so tief, dass selbst für die Verdauung kein Platz mehr bleibt. Unliebsame oder Unfähige werden nach Brüssel ins EU-Parlament abgeschoben, dort werden sich noch fetter gefüttert, für noch weniger Verantwortung.

Die Kabarettszene jubelt über sie, aber im Grunde lässt es sie kalt. Skandale werden durchgestanden und die schnelle Zeit lässt vieles schnell vergessen.

Sie schnüffeln in allen Bereichen des Lebens. Man hofiert sie überall, diese Diener des Staates. Und der vorauseilende Gehorsam macht viele untertänige Menschen zu Mittätern. Sie sichern sich lukrative Pfründe in Staatsbetrieben und bei Banken und handeln im Rhythmus der Wahlen. Sie hängen sich dort an, wo sie Boden machen können und meiden alles, was dem Image schadet. Es »hypoalpe-adriat« überall. Die stumme Masse wehrt sich nicht, denn die Mächtigen stehen breitbeinig darüber und treten auf jeden kleinen Widerstand.

Es lebt die „Habarei" und „Freunderlwirtschaft". Früher bekämpften sie sich, heute arrangiert man sich und was dabei herauskommt, nennt man Koalition. Eine Packelei in der untersten Schublade. Die parteipolitische Inzucht ist legalisiert und der politische Nachwuchs ist entwicklungsprogrammiert in seinem Verhalten. Koalition steht heute für Wegbereiter der Opposition. So dumm und politisch bedenklich kann heute eine Partei gar nicht mehr sein, dass sie nicht Stimmen von den regierenden Parteien bekommen. Und alle profitieren von dieser Unfähigkeit. Die braune FPÖ mit ihrem Schaumschläger an der Spitze, der außer blauen Augen nichts vorzuweisen hat, die sympathischen, aber zahnlosen Grünen mit ihrer „alle sind Menschen, lasst alle zu uns kommen" – Mentalität, die Neos mit ihren großen Ideen, die noch keine umgesetzt haben und von anderen stronachischen Marionetten will ich gar nicht reden.

Dabei fehlt es vielen Politikern an den einfachsten Voraussetzungen. Manchen fehlt die Intelligenz, rhetorisch schwächeln sie und sind penetrant bis zum Erbrechen. Im Laufe der Jahre kommunizieren sie in ihrer typischen Politsprache, die streng nach Parteischule riecht. Schrecklich noch war die Zeit, als der Heilige Jörg Haider noch lebte. Seine politischen Retortenbabys bedienten sich fast ein und derselben Sprechweise.

Die Zeit der Großparteien ist vorbei. Die Fronten zwischen den diversen Parteien erkennt man nicht mehr klar. Der proletarische Adel aus Simmering etabliert sich im 1. Bezirk, ohne zu erröten und der schwerfällige schwarze Riese bringt ein Bauernopfer um das andere am Wähleraltar dar.

Die Partei als globales Ganzes ist nicht mehr relevant. Die Gesichter zählen, die davor stehen, auch wenn sie oft als Fratzen erscheinen. Die wahren Mächtigen, die, die das ganze Theaterstück der Politik in Wahrheit lenken, die sieht man nicht. Die unbekannten Gesichter, die versteckt im Nebel die Befehle geben. Die Rhetorik dominiert vor der inhaltlichen Substanz. Die Wahlen gewinnt man jetzt im TV und das passt diesen Menschen nur allzu gut ins Konzept.

Politiker sind das größte österreichische Dienstleistungsgewerbe und nicht Geld scheffelnder Machtapparat. Sie sollen arbeiten und nicht im Wahlrhythmus spekulieren, Minister austauschen und Taktiken ausprobieren.

Man muss sie fassen, solange man noch kann und ihnen Denkzettel verpassen, ehe sie in die selbst ernannte Bedeutsamkeit entschwinden. Doch dazu muss man sie erst finden, die wahren Mächtigen entlarven und an die Öffentlichkeit zerren. Den Mut haben, sich gegen die Diktatur des Geldes und der Macht zu stellen.

Die typisch österreichische Phrase »Jo, da kann man halt nix machen, die tun eh was sie wollen«, ist hier völlig fehl am Platz.

Gleichgültigkeit und Desinteresse ist die Basis für die Macht der Gier, und wenn der Kluge nachgibt, dann ermöglicht er die Weltherrschaft der Dummen.

Die wahren Helden kennst du nicht

Die heimlichen Helden sind die wahren Helden unsere Zeit. Sie sind die unbekannten Oscarpreisträger der Menschlichkeit und die Humanisten der Verborgenheit. Es geht ihnen nicht um das Bekanntwerden ihrer Taten oder um Lobhudeleien der Gesellschaft. Ihr Wirken ist selbstlos, einzigartig und ungeplant und doch schreiben sie damit Geschichte. Geschichte der Menschlichkeit.

Die großen Helden der Geschichte kennen wir ohnehin alle. Ganz anders ist es bei den unbekannten Helden. Bei diesen wird eine scheinbare innerliche Schwäche zur Stärke, doch sie verschwinden mit all ihren Werken und Taten im reißenden Strom der Bedeutungslosigkeit einer schnelllebigen Zeit.

Die Helden des Krieges sind tot und manche Feiglinge überlebten. Von den Henkern, die noch immer herumlaufen ganz zu schweigen. Die Opportunisten leben im Dunstkreis ihrer dubiosen Vergangenheit. Die wahren Helden kannte man nie, nur die Befehlsgeber behängte man mit Lorbeerkränzen, als sichtbares Zeichen ihres Mutes. Dabei waren es immer diese, die sich in sicheren Bunkern versteckten und dort ausheckten, wie sie ihre unbedeutenden Helden in den Tod schicken können.

Die meisten Menschen schwammen mit auf dieser Welle. Ließen sich blenden mit Versprechen, die nie gehalten wurden. Wollten nicht erkennen, dass sie alleine es hätten verändern können. Die Neutralität Österreichs ist daher mehr ein Geschenk an Täter, die sich immer als Opfer gefühlt haben.

Die Helden der Revolutionen - in Wahrheit allesamt Verbrecher an der Menschlichkeit. Die Ziele sind ihnen rasch abhandengekommen, die Gier war stärker und hat sie gefangen im Hunger nach Macht.

Die wahren Helden bewegen sich ganz leise, klein und unscheinbar. Sie besitzen keine Medaillen. Sie bekommen keine Unterstützung, gehören keiner Lobby oder Partei an. Der Weg ist schwer für sie, kaum zu bewältigen. Sie müssen mehr Hürden überwinden, mehr ankämpfen gegen die dümmliche Masse. Darum wirken sie im Dunkeln und bringen nur langsam Licht. Doch wenn es strahlt, dann erhellt es die finsteren Gräben wie die Sonne.

Bis auf ganz wenige, stehen die kleinen Helden im bedrohenden Sturm ihres Lebens - ohne Hilfe und Dank.

Niemand kennt die vielen kleinen Helden unserer Kriege.

Niemand kennt die vielen selbstlosen Altenhelfer, die ausgemergelte Körper heben, waschen und füttern.

Niemand kennt die Ärzte, die für einen Hungerlohn in Entwicklungsländern dieser Welt Unmenschliches leisten, konfrontiert mit Hoffnungslosigkeit und Tod.

Niemand kennt die Krankenschwestern, die des Nachts sterbende Hände halten, Trost spenden und gütig mit den Augen Mut machen.

Niemand kennt die vielen Freiwilligen, die sich bereitstellen in den Dienst für den Nächsten, die Rettungsfahrer und die Notärzte.

Niemand kennt die Männer, die aufsteigen in die Berge, um Vermisste zu suchen und zu bergen.

Niemand dankt den Menschen, die sich mit Aidskranken befassen, sie pflegen und ihnen seelische Hilfe schenken.

Niemand kennt die Bewährungshelfer, die ständig zwischen Aggression und Resignation ihr Leben fristen.

Niemand dankt den Umweltschützern, die sich einem hoffnungslosen Kampf stellen.

Niemand beachtet die Menschen, die sich für das Leben geschundener Tiere einsetzen.

Viele von uns wollen sie nicht kennen, die wahren Helden. Die Menschen müssten dann auf unangenehme Weise in einen Spiegel blicken, der ihnen zeigt, dass sie selbst nur an ihr eigenes Wohl denken. Menschlichkeit erfreut die Seele, macht aber ein schlechtes Gewissen und das kann man heute nicht mehr brauchen.

Man ist nicht mehr gewillt, die Last der Menschlichkeit zu tragen, Verantwortung zu übernehmen oder unbezahlte Hilfe zu leisten, deren einziger Lohn ein Lächeln, oder das Leben eines Fremden ist.

Wir kennen nur die Helden der Medienlandschaft, die in Talkshows auftreten, Interviews geben und Garanten für Quoten sind. Jämmerlich, peinlich und dumm, wie eben die Masse, die ihnen zujubelt.

Wir alle kennen die „Dumpfbackengesichter" mit ihrer peinlichen Selbstdarstellung, die Massenmörder in ihren schmucken Uniformen, die Idole der Jugend in ihren ausgemergelten Rauschgiftkörpern und die Wirtschaftskapitäne, die in ihren Nadelstreifanzügen betrügen, bestehlen, kündigen und Menschenleben vernichten, des Umsatzes willen. Allesamt präpotente und selbstgefällige Arschlöcher, dekadent bis ins Knochenmark.

Das sind keine Menschen, die die Bezeichnung Helden verdienen, das sind künstlich, in unsere Gedanken gepresste Größenwahnsinnige, denen die Masse hechelnd hinterherrobbt, um ein wenig an deren zweifelhaftem Ruhm mitnaschen zu können.

Die Menschen betteln darum sich täuschen zu lassen, lassen sich hineinführen in ein unwirkliches Vakuum - das die Phantasie ausschaltet und den Enthusiasmus entfacht. Nicht selten vermischt mit ordentlichen kommerziellen Interessen.

Die Helden von heute sind feig. Kaum einer wagt es körperlicher Gewalt entgegenzutreten. Die physische Angst ist zu groß, das zu verlieren, das sie durch Gewalt erreicht haben. Ganz wenige leben ihre Überzeugung, die meisten passen sich an, arrangieren und verkaufen sich, geben sich preis.

Der Moment der Prostitution ist kurz, der Schmerz darüber ein Leben lang.

Man kann vergessen, aber nie bewältigen, man kann verdrängen, doch nie auslöschen.

Wir haben alle vergessen, wie viel Mut in uns steckt, wie viel Kraft wir haben, wenn wir aus dem Dornröschenschlaf der Untätigkeit und des Egoismus erwachen.

Aber natürlich ist es einfacher entsetzt zu sein, wenn grausame Taten ans Licht kommen. Es gehört mittlerweile schon zum Alltag, wenn Menschen gaffend und mit starrem Blick zusehen, wenn mitten auf einer Straße ein Mensch überfallen wird, dass niemand es wagt, das weinende und verletzte Kind anzusprechen, ob es Hilfe braucht.

Angst, Gier und Egoismus siegt heute über Moral und Menschlichkeit und nur ganz wenige erkennen sich.

Doch in den wenigen stillen Minuten, die jedem Menschen geschenkt sind, wird er erkennen, als Mensch - oder Schwein zu sterben. Der Feige stirbt tausend Tode - der Mutige nur einen.

Die Entscheidung liegt alleine im eigenen Herz.

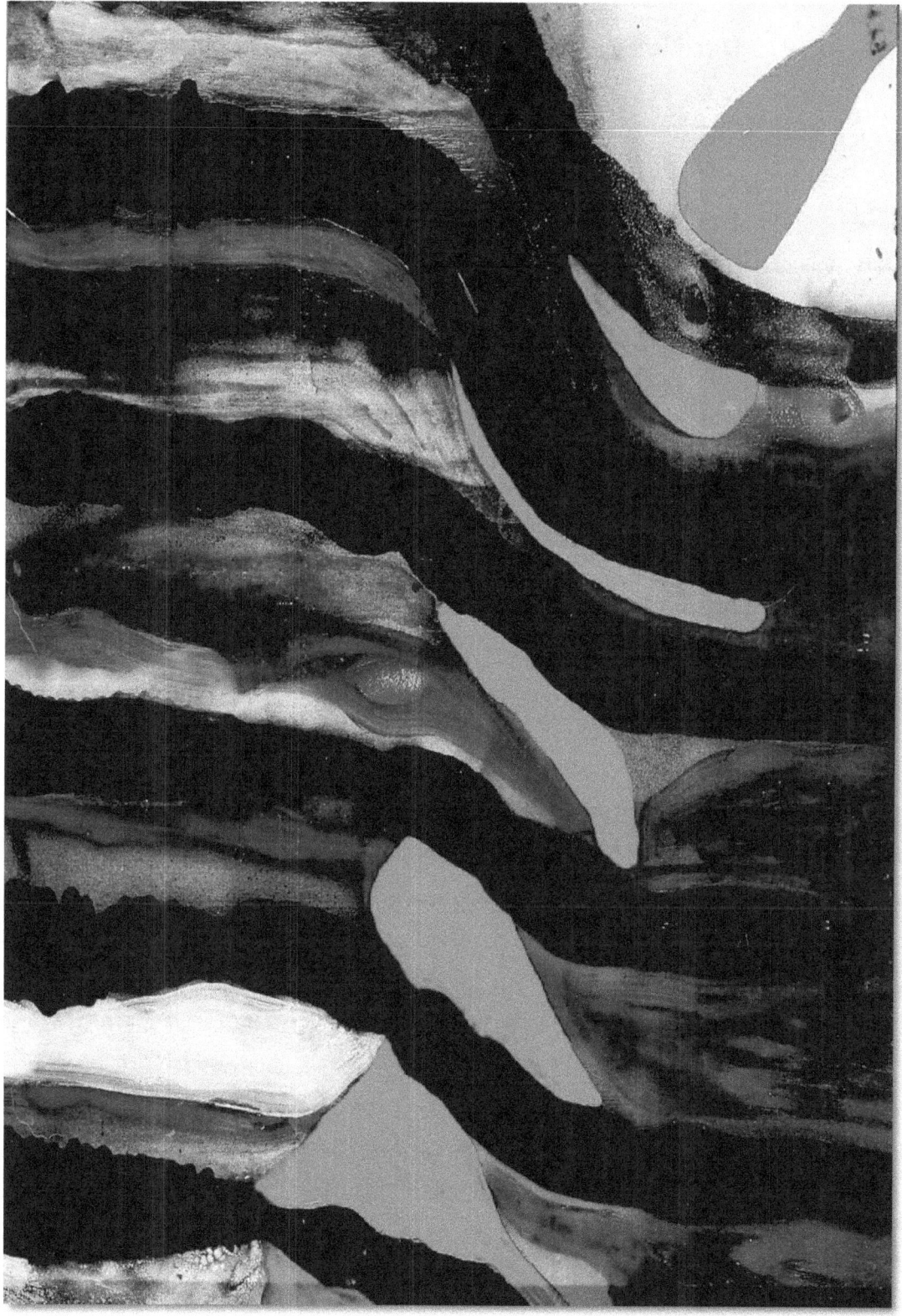

Der Blues über dem Wiener Gänsehäufl

Das Gänsehäufl ist ein Strandbad an der alten Donau in Wien und stellt gleichzeitig ein witzig-ironisches Spiegelbild einer urbanen Bade- und Vergnügungskultur dar. Ich tauche ein in eine Atmosphäre von „Mundl" und Freunde, die man nicht besser darstellen kann, als es die Realität tut.

Es regnet und die Wolken legen sich schwer über das Eldorado einer freizeit- und entspannungshungrigen Gesellschaft, die so typisch für Wien und so untypisch für Österreich ist. Väter fahren mit ihrem schreienden Nachwuchs, den sie vorne und hinten am Fahrrad mitführen, dem einsetzenden Regen davon. Den Kindern gefällt es sichtlich besser, denn ihr Gesichtsausdruck ist so ganz anders, als der ihrer Väter. Lockt doch die Freiheit des ungezwungenen Abenteuervergnügens im naturverbundenen Badegebiet an der alten Donau, mitten in der Großstadt, losgelöst von den strengen Blicken der Eltern.

Das Gänsehäufl ist ungewöhnlich leer. Ein ungewohntes Bild Anfang Juli, aber das Wetter ist erbarmungslos und kümmert sich nicht um den Kalender, auch nicht um die Ferien und auch nicht um die städtische Haushaltskasse. Das 330.000 m² große Areal, ist menschenleer wie selten. Immerhin bevölkern an Spitzentagen 30.000 Menschen den 1 km langen Naturstrand. Die Kassiererin schaut verständnislos, alle gehen, einer kommt. Ein paar Unentwegte sitzen vor ihren kleinen Hüttchen, spielen Karten, plaudern oder trinken ein Gläschen Rotwein. Doch für diese Menschen ist das der einzige Luxus, den ihnen ihr bescheidenes Einkommen ermöglicht. Die Saisonkarte mit gemietetem Hüttchen ist das, wofür sie das ganze restliche Jahr sparen. Da muss jeder Tag, jede

Stunde, genutzt werden, so schlecht kann das Wetter gar nicht sein.

Ein Hauch von „Kaisermühlenblues" und „Ein echter Wiener geht nicht unter" weht über die Tische der Menschen dort und lässt Geschichten hochkommen, die eben nur das Leben erzählen kann. Wollen wir ein wenig lauschen, was diese Menschen zu berichten haben.

Schon seit 1950 sind sie hier, sagt Otto D., der pensionierte Angestellte der Nationalbibliothek. Früher war es schöner. Nicht so viele Menschen, meint seine Frau. Und besonders ärgert ihn, dass die Eichkätzchen, die sonst ja recht lieb sind, die Marillen von seinem Baum fressen, ehe sie reif sind. Die Leute im Gänsehäufl jedoch sind in Ordnung. Er kennt sie seit Jahrzehnten, denn es ist ein seltenes Glück hier einen Saisonplatz zu bekommen und wer einmal einen ergattert hat, der gibt ihn freiwillig nicht mehr her. Ob ich ein Glas Rotwein trinke, fragt er. Ich lehne freundlich aber dankend ab. Er gibt mir ein Viertel Wasser. Eines von den 320 Millionen Vierteln Wasser, die jährlich am Gänsehäufl verbraucht werden. Ich möchte gar nicht wissen, wie viele Viertel Wein es wohl sind, die hier getrunken werden.

Einige Schritte weiter. Eine lustige Runde, die hier ihren Urlaub verbringt. Ein Pensionist mit seiner Frau. Sie kommen schon seit fünfundzwanzig Jahren jeden Sommer an diesen Ort. Mit dabei ein arbeitsloser Schriftsetzer. Er gibt den Zeitungen die Schuld ..., denn die Computer ruinieren ja ohnehin alles. Die Krone, meint er, die hat noch Qualität, gegenüber den anderen „Schundblättern" mit denen die Menschheit überschüttet wird. Ich werde nachdenklich und weiß nicht, was er meint.

Der Parkplatz um rund zweihundert Euro ist schon sehr teuer, meint Herr F., noch einmal so viel die Jahreskarte. Dann noch die

Miete für das Häuschen, da kommt schon was zusammen. Die Sauberkeit ist auch nicht mehr das, was sie einmal war, beschwert sich seine Frau. Die Putzfrauen gehen nur unterschreiben, geputzt wird sehr schlampig. Außerdem sind die Toiletten ab halb acht versperrt. Die Bademeister, sagt der selbstständige Herr K., passen nicht auf, und sehen lieber fern als darauf zu achten, dass niemand ertrinkt. Alles nicht richtig, meint DI Teubenbacher, der Betriebsleiter. Man kann es nicht allen recht machen. Die Sperrzeiten sind denen der Freibäder in Wien angepasst.

Rudi aus Wien ist schon 33 Jahre hier. Er kommt aus dem 6. Bezirk, seine Kinder sind hier groß geworden und das Gänsehäufl ist seine zweite Heimat. Er macht keinen Urlaub, wozu auch, den hat er ja hier. Das Gänsehäufl ist alles für ihn und seine Frau. Die vielen Leute am Wochenende stören ihn nur wenig, denn ab und zu will er auch ein wenig Unruhe in seinem sonst so ruhigen Leben haben. Für Abwechslung ist hier auf jeden Fall gesorgt, denn immerhin sind 10 % der gesamten Fläche für die FKK-Freunde reserviert und wer sich nicht herzeigen will, der kann sich ja verstecken hinter einem der 3.500 Bäume, die hier wachsen. Ein wenig werde ich mit Statistik überschüttet, denn Herr Rudi hat Zeit zu beobachten. So erfahre ich, dass es 5.000 Kästchen und 3.600 Kabinen gibt. 158 Duschen sorgen für äußerliche Abkühlung und diverse Strandcafés, Milchbars und Sektstände kühlen innerlich, um den dadurch entstandene Überdruck in 170 WC´s abzulassen.

Damit es nicht langweilig wird, gibt es jede Menge Möglichkeiten Sport auszuüben. Die Sportlichen quälen sich am Tennis-, Basketball oder Volleyballplatz. Für diejenigen, die es gemütlicher haben wollen, bleibt noch Tischtennis, Minigolf, Mühle, Schach oder die Massage. Schwitzen kann man, wenn einem die Sonne zu wenig ist, auch in der Sauna. Nicht nur die Alten kommen in das Gänsehäufl, auch die Jungen spielen hier. So mancher österreichische Fußballstar hat hier sein Leiberl vollgeschwitzt. Es bietet also wirklich viel, dieses Eldorado der Freizeitgestaltung und seine „Bewohner" und Besucher kämpfen darum, dass es ihnen immer erhalten bleibt.

Viele im Gänsehäufl reden von der Vergangenheit. Viele sind alt, aber zufrieden. Einige wenige „granteln", das ist typisch für die Wiener. Die Verantwortlichen haben es schwer, die Meinungsvielfalt unter einen Hut zu bringen. Zu verschieden sind die Begehren und Wünsche der Einzelnen. Doch trotz dieser Verschiedenheiten liegt ein Hauch von familiärer Atmosphäre über dem Gänsehäufl, die man sonst nirgendwo findet. Eine Großfamilie und Multikultiszenerie im positivsten Sinne. Ein Gesamtgedankengut, das eine Stimmung schafft, die Leben und nicht „Nebeneinanderherleben" praktiziert. Das Gänsehäufl ist Proletentum und „Intellektuantenstadl" gleichzeitig. Eine „Wohlfühlsituation" für eine ganze Generation, von alten und jungen Menschen, die dieses Gebiet als ihr „Paradies", auserkoren haben, in das sie hineingeboren wurden und in dem sie wahrscheinlich sterben.

Und sie werden weiterhin vor ihren Hüttchen liegen, Karten spielen, Wein trinken und plaudern und über ihnen wird eine Wolke schweben, aus der sich der Blues auf das Gänsehäufl ergießt.

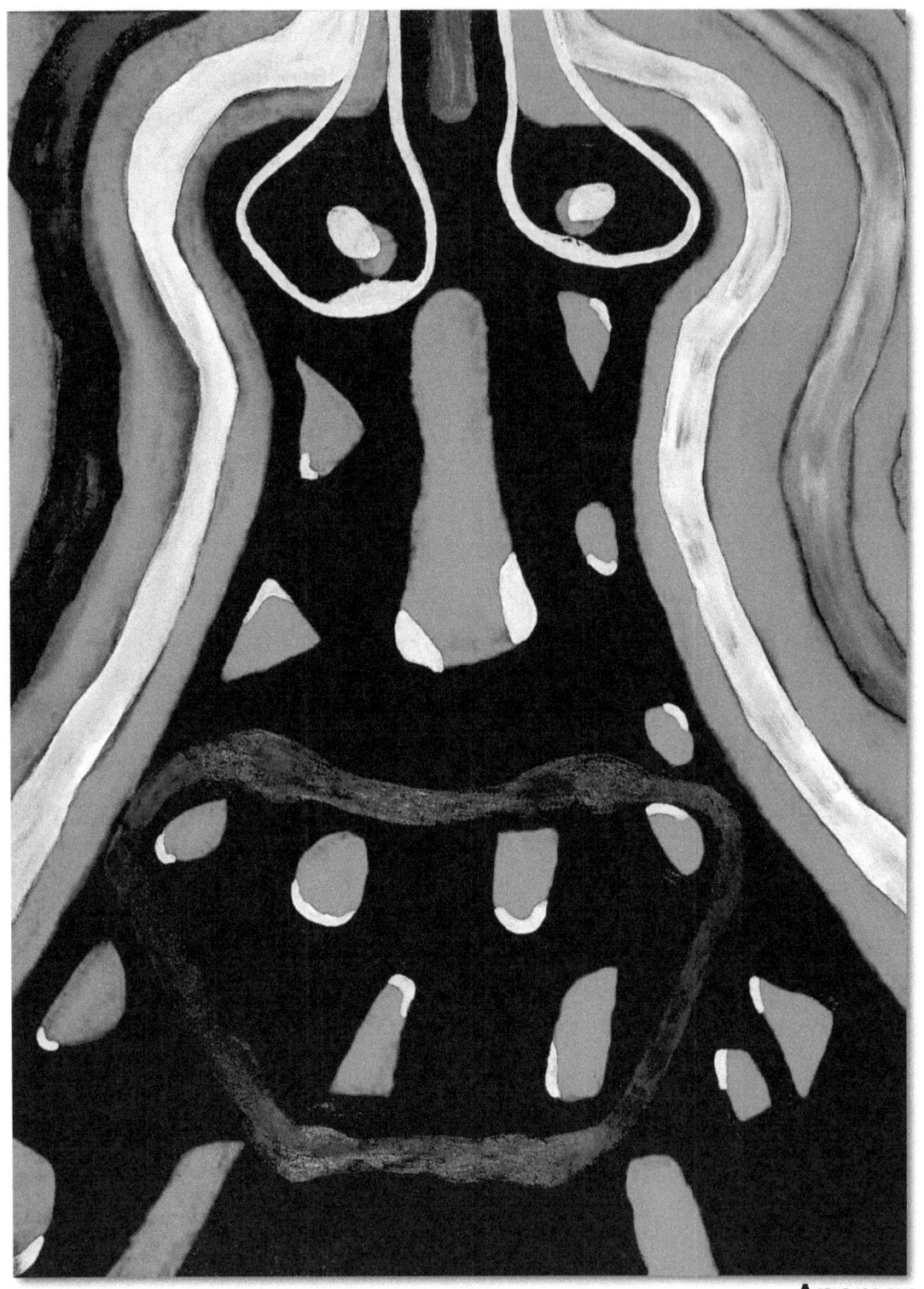

Apeman

Alpendodln, Schnaxln, Jagatee

Die Märchenwelt der Berge hat seine eigenen Reize und die Geschichten darüber sind geheimnisvoll und bizarr. Sie führen dich fort ins Unergründliche, Finstere, Helle und Dunkle. Sie zerren dich ins Blau und vor allem ins Weiß.

Weiß wie der Schnee, klar wie die Bäche, rein wie die Luft und Grün wie der Wald. Voll Sehnsucht warten sie auf die ersten Flocken, damit sie die ausgemergelten Hänge bedecken, um so die Sünden der landschaftlichen Ausbeutung zu kaschieren. Und kommt Mutter Natur einmal zu spät, dann wird mittels Schneekanonen der Winter nach Belieben vorverlegt oder verlängert. Zu kurz ist die Zeit der Erholung für die, in Agonie liegende, Landschaft. Zu lange wurden Wald und Wiesen vergewaltigt und geschändet. All die sichtbaren Schäden müssen mit aller Gewalt vor dem zahlenden Publikum verborgen werden, zugedeckt mit einer Schicht aus künstlich produziertem Schnee, der den Gewässern der Alpen die Substanz raubt und mehr zerstört, als er zu verdecken fähig ist.

Immer neue Lifttrassen werden in die Natur geschnitten, immer breitere Zufahrtsstraßen gebaut. Die Konsequenzen sind Muren und Lawinenabgänge. Sie zerstören die Existenzen vieler dort angesiedelter Menschen. Die Bergbauern sind in ihrer Existenz bedroht und wandern ab. Aus jedem Heustadl entsteht eine Skihütte, aus jedem Kuhstall eine Diskothek. Apartments und Häuser aus Beton werden in die Landschaft geschissen. Straßen werden in die Bergwelt gesprengt und Einkehrhütten scharen sich um die Pisten und werben mit lauter Volksmusik, um den schnellen aber teuren Besuch.

Dabei gibt es Schnapsei, Brettljause, fesche Buam und Madeln mit strammen Wadeln und jede Menge zum Schnacksln.

Auf da Alm, da gibts ka Sünd. Da „Schmäh" rennt oder zumindest das, wovon man glaubt, dass es einer ist.

Alles muss schnell gehen, der Lift, die Gondel, die Bohnensuppe aus der Mikrowelle oder das Würstel mit Krautfleisch. Nebenbei soll das Wetter herrlich sein, der Schnee gführig und die Madeln willig. Man trägt die neuesten Klamotten und fährt den besten Ski, den jeder Sieger vor die TV Kamera hält.

Längst sind die Skipisten so unsicher wie die Bundesstraßen im Fasching. Man tschechert, grölt herum und fährt besoffen ins Tal - doppelt so mutig und dreimal so schnell. Man nimmt keine Rücksicht mehr. Man verletzt andere, zum Teil schwer, und sucht - so schnell es geht - das Weite. Die Verantwortlichen scheuen sich, rigoros dagegen einzuschreiten, denn sie befürchten den Rückgang der Gäste und die Einnahmen der Wirte, denn jeder Euro zählt. Geld regiert die Welt und die größten Vollidioten werden stillschweigend als willkommene Gäste behandelt, denn sie füllen das Säckchen der Gastronomen, Liftgesellschaften und Skiausrüster.

Die meisten der Bauern dort würden noch Kühe melken und Ställe ausmisten, anstatt in lässiger Manier das „Prestige" Auto vor der Diskothek zu parken.

Die perfekte Paarung aus nicht zu verleugnender Ursprünglichkeit und unternehmerischer Arroganz.

Die Möglichkeit, der Gier ein Ende zu setzen, wird Mutter Natur von alleine irgendwann einmal setzen. Aber dann, wenn Horrorszenarien Wirklichkeit geworden sind, ist es zu spät. Nicht nur die geschundenen Wintermonate hinterlassen ihre Spuren, auch im

Sommer lässt man nichts unversucht, um Touristen dorthin zu schleppen, wo sonst nur Gämsen oder Steinböcke springen.

Alles muss erschlossen werden, nichts kann ein Geheimnis der Natur bleiben. Sie führen die Meute heran an die Naturreservate unseres Landes, sie hinterlassen ihren Lärm, ihren Schmutz und vor allem ihr Unverständnis. Nur wenige verstehen mit der Natur so umzugehen, wie man es sollte. Sie kennen keine Grenzen und die Unberührbarkeit gewisser Regionen empfinden sie als Einschränkung ihrer Freiheit, doch die Freiheit anderer akzeptieren sie nie.

Im Grunde ist der Tourismus, in manchen Gebieten, in der jetzigen Form - Zuhälter der Hure Natur. Man benützt sie so lange, solange noch etwas aus ihr herauszuholen ist. Zuhälter sitzen überall. In den Gemeindestuben, die Bewilligungen erteilen. In den Banken, die alles finanzieren. In den Parteien, die alles letztlich ermöglichen. Sie alle machen die Natur gefügig. Gefügig für uns, die wir sie wochen- oder tageweise benützen. Wir bumsen sie ohne Zärtlichkeit und Gefühl. Wir verwenden keine Kondome, denn, ob wir sie krankmachen, ist uns egal. Nach kurzer Befriedigung wenden wir uns ab und anderen Dingen zu. Wir dürfen uns nicht wundern, dass sie nach jahrzehntelanger Qual ihrer ursprünglichen Aufgabe, nämlich dem Menschen Erholung zu bieten, nicht mehr nachkommen kann und will.

Auch wenn wir es heute nicht glauben wollen, die Natur hat ihre Schmerzgrenze erreicht und wenn wir nicht aufhören sie zu quälen, wird sie eines Tages sterben und zurückbleiben wird ein toter, geschundener Kadaver.

Abgeschabte Wiesen werden die Muren bis in die Täler gleiten lassen und sie werden Häuser mit sich reißen. Lawinen werden ungehindert zu Tal donnern und die Gäste werden aus Angst ausbleiben. Bäche werden überquellen zu reißenden Strömen und jahrzehntelang Aufgebautes verschlingen. Die Arbeitsplätze werden schwinden und die Armut vergangener Tage wird sich einstellen. So wird sich der Kreis schließen, der vor Hunderten von Jahren geöffnet wurde und die Menschen, in ihrer Gier und in ihrem Egoismus, werden zurückgeführt zur Ursprünglichkeit ihres Seins. Nämlich, dass sich der Mensch der Natur unterzuordnen hat und nicht umgekehrt.

Jeder stirbt für sich alleine

Wie die Geburt ist auch der Tod ein elementares Erlebnis, das man als das Wichtigste für den Menschen überhaupt bezeichnen kann.

Es wird viel über den Tod geschrieben, gesungen und gesprochen und Schwachsinn verbreitet. Echte Erfahrungswerte darüber hat jedoch in Wahrheit kein Mensch und vielleicht macht ihn das gerade so interessant für uns. Der Tod nimmt keine Rücksicht auf das, was wir wollen oder wünschen. Er nimmt unser Leben, wann er will, ob zu früh oder zu spät.

Er kommt auf leisen Sohlen oder mit Gebrüll. Das Wissen, sterben zu müssen, ist wohl das bitterste Wissen, das man sich aneignen kann.

Doch trotz dieser Erkenntnis, leben fast alle Menschen so, als wäre er in weiter Ferne, als Feind des Lebens. Dabei steht er, in jeder Sekunde unseres Daseins, genau hinter uns. Der Mensch neigt dazu, die Prioritäten falsch zu setzen. So geht Geld vor Zuneigung, Arbeit vor Liebe. Wie oft verschieben wir Zeiten für Wohlfühlen und Zuneigung, für irgendein Geschäft, aus Angst vor dem finanziellen Verlust und vergessen darauf, was wichtiger sein sollte und uns Kraft geben könnte.

Doch wenn er sich zeigt, der Tod, sein wahres Gesicht preisgibt, bei Menschen, die uns wertvoll sein sollten, dann reagieren wir wieder mit Angst und Verdrängung,

Die Gesellschaft ist auf Jungsein und Leben ausgerichtet und Totgeweihten wird nicht die Liebe und Wärme entgegen gebracht, die sie bräuchten. Ganz im Gegenteil, sie werden auf eine eigene Art isoliert und man distanziert sich ungewollt.

Die Nähe zum Tod erzeugt Angst und trennt von den Lebenden. Der Touch des Todes ist grausam. Er gibt einem aber in der Endphase die Zeit, den geliebten Angehörigen das zu sagen, was man bis dahin nicht sagen konnte oder wollte.

Schön für den, der seine Kinder, Väter, Mütter, Omas und Tanten um sich hat.

Schön für den, der Abschied nehmen kann, der verzeihen oder um Vergebung bitten kann.

Traurig ist das einsame Sterben, im Spital oder im Altersheim. Die Einsamkeit ist es, die wehtut, gar nicht einmal der physische Schmerz. Doch gerade diese Menschen, die dem Tod so nahe sind, könnten uns viel lernen. Sie könnten uns erzählen von Versäumten, von der Hetzjagd durch das Leben und der Gier nach Macht, ein Weg, der sich so nahe dem Ende, als falscher herausgestellt hat. Hier sollten wir uns die Zeit nehmen und lauschen, da sein für die letzten Atemzüge eines Menschen, der uns nahe steht. Am Ende ist jeder Mensch ehrlich. Es gibt keinen Grund es nicht zu sein.

Der wahrgenommene Tod ist eigentlich der reifste und tiefste Moment im Leben eines Menschen. Diverse Todeserfahrungen in Buchform füllen bloß die Konten ihrer Verfasser. Keiner von ihnen war wirklich physisch tot. Heute müssen bloß der Buchtitel und die Werbung dafür stimmen, und die Menschen, die permanent neue Dogmen suchen, öffnen ihre Herzen und Geldbörsen.

Je älter der Mensch, umso besser lernt er, das nahe, unvermeidliche Ende zu akzeptieren. Meine Urgroßmutter, sie starb im Alter von 100 Jahren, sagte mir immer: »Wirkliche Todesangst hatte ich nur im Krieg. Als die ersten meiner gleichaltrigen Freunde starben, steigerte sich das ums Vielfache. Aber ab dem Moment, an dem ich die einzige Überlebende meines Alters war, entstand ein, für andere unverständliches, Gefühl des Glücks und der Dankbarkeit und dass jeder Tag ein Geschenk ist«. Sie starb zwei Monate vor ihrem hundertsten Lebensjahr, lebte außergewöhnlich karg und sparsam. Als Kind hatte ich sie nur als sitzende Frau mit Kopftuch, neben dem Ofen, in Erinnerung, die sich ausschließlich von Kaffee und „eingebröckeltem Brot" ernährte. Ihre Lieblingssendung war die Samstagsendung mit Heinz Conrads »Was gibt es Neues«, alles in Schwarz/Weiß und um 24 Uhr war Sendeschluss, herrlich!!! Ihr viel geliebter Lindekaffee, der mit den blauen Punkten und den Figuren in jeder Packung, die sie mir immer überlassen hatte, war ihr Lebenselixier. Sie war richtig süchtig danach und dementsprechend lagernden in der „Speisekammer" viele Packungen davon. Sehr zu meiner Freude, weil dort ja die heiß begehrten Figuren waren. Nach ihrem Tod mussten wir die Restbestände verschenken und keiner wollte sie. Ich hatte alle Packungen in meiner „Figurengier" geöffnet und die Figuren rausgeholt. Die Figuren gab ich ihr alle mit ins Grab. Diese Plastikfiguren sind mit hoher Wahrscheinlichkeit das Einzige, was noch von ihr übrig blieb.

Mein Vater, der leider viel zu früh verstarb, pflegte immer zu sagen: »Jetzt war ich erst ein Bub und jetzt bin ich schon ein alter Mann«. Leider hatte er Recht, ich merke das jeden Tag.

Ab einem gewissen Alter sieht man jedoch dem Tod gelassener entgegen. Schlecht geht's nur jenen Menschen, die mit jeder Faser an ihrem Leben hängen oder die nur materielle Güter als ihren Lebensinhalt auserkoren haben.

Doch egal, zu welcher Zeit der Sensenmann uns erwischt, wenn wir wirklich leben, lieben, dem Herzen folgen, dann werden wir uns selbst ersparen etwas Wertvolles im Leben vermisst zu haben.

Wenn du geboren wirst, stehen alle um dich herum und freuen sich, und du schreist und weinst. Wenn du stirbst, sollen alle um dich herum weinen, und du sollst dich freuen.

Man kann sich kein Leben erkaufen, denn das Totenhemd hat keinen Sack.

Und so werden wir uns alle dort wiederfinden, woher wir gekommen sind. Diejenigen, die glauben, treffen sich wieder, im Himmel oder in der Hölle - wobei ich lieber die Hölle vorziehe. Was mach ich im Himmel - wenn all meine Freunde in der Hölle sind??

Irgendwann werden wir es wissen. Für mich persönlich gibt es keine Todesangst. Ich habe gelebt, besser als so viele andere Menschen. Ich bin dankbar für jeden Tag, für den Ort wo ich geboren wurde und für die Menschen, bei denen ich sein durfte. Der Tod kann mich nicht überraschen, ich will es nicht wissen. Irgendwann wird er kommen, der Mann mit der Sense in der Hand. Er schaut dir tief in deine Augen und fragt dich, warum, denn alles was du nie getan hast, wirst du nicht mehr tun.

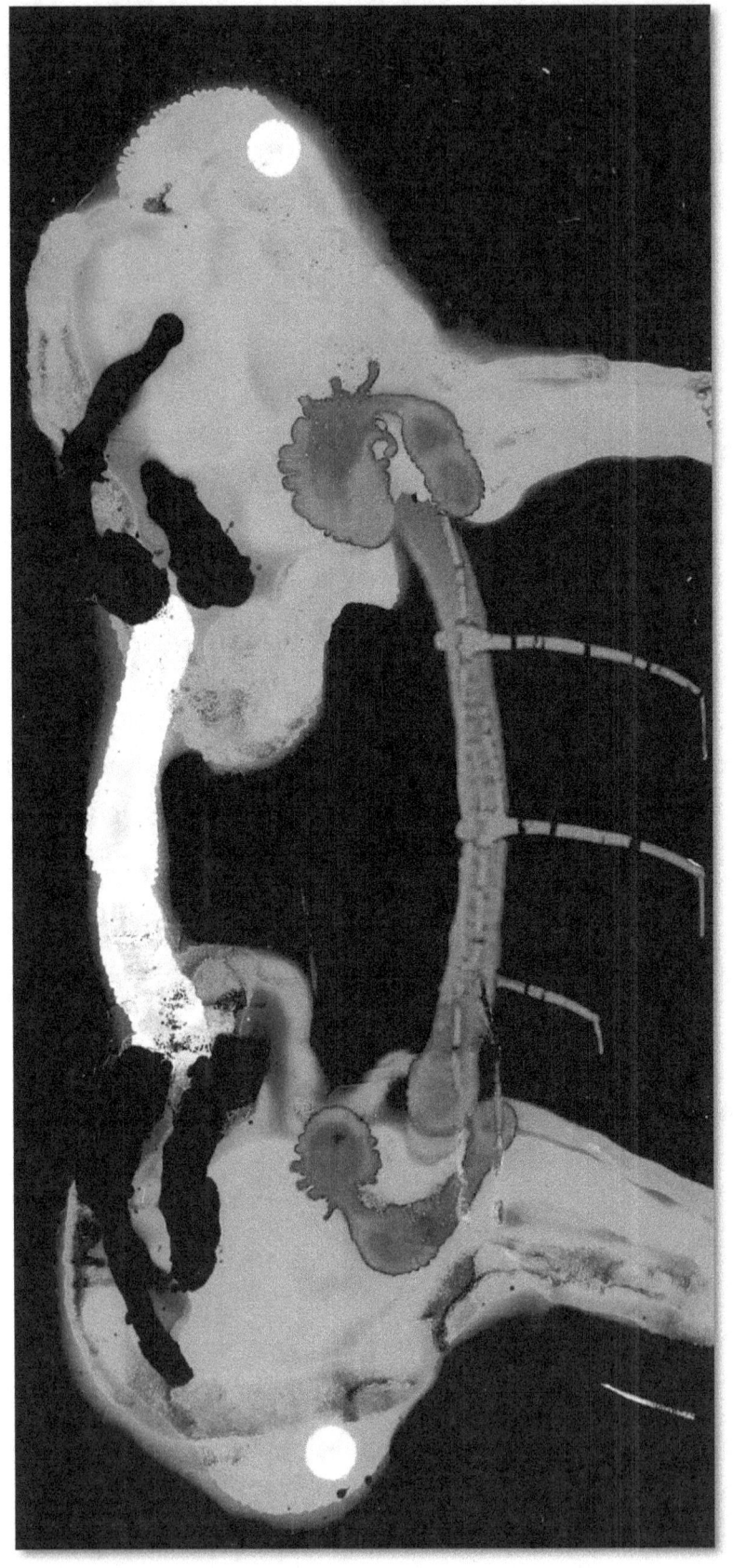

Sex und 1000 Lügen

Sex ist in der heutigen Zeit immer und überall präsent. In Zeitungen, TV, Radio und Internet. Sex ist zum milliardenschweren Geschäft geworden. Aber nirgendwo wird mehr gelogen und übertrieben, nirgendwo gibt es derart viele Hemmungen, Verklemmungen, Unausgesprochenes, Unbewältigtes und Perverses. Er ist aktiv, gewünscht, erhofft oder gefürchtet.

Schon ein Blick, ein Atmen, Lachen oder ein Seufzer kann Kräfte mobilisieren und auf den anderen „überspringen" lassen. Das knisternde Etwas kann aber auch durch ein einziges Wort, einen Ton oder Gesten zerstört werden. Denke man zurück an das erste Treffen mit der Angebeteten. Cooles Outfit, geile Frisur, Zähne geputzt und schickes Auto, wenn vorhanden. Schnell kann man alles kaputt machen, wenn man blöde Meldungen schiebt, rülpst oder vor Aufregung einen „fahren" lässt. Dann hat sich alles besprochen.

Es wird gerne und viel über Sex gesprochen. Überall, am Arbeitsplatz, im Wirtshaus, im Büro und zu Hause.

Sex beginnt nicht erst mit dem Körper, sondern schon lange vorher, mit dem Wort, mit einer Geste oder einem tiefen Blick.

Haben die Teens in den 70-er Jahren noch alles „weggebrettert", was nicht rechtzeitig auf die Bäume kam, so muss man heute schon sehr vorsichtig sein. Jeder flüchtige „One-Night-Stand" kann auch gleich ein First-Class-Ticket in die kühle Heimaterde bedeuten. Die jungen Menschen haben es heute nicht leicht.

In Zeiten von Aids, Rauschgift, Krebs und Strahlung zu leben, ist wahrlich kein Vergnügen. Man muss sich gewöhnen, an den Babystrich, die Heroinleichen, Gewalt und Aggression, an Korruption, Neid, Hass und Stress, Egoismus, Manipulation und Neurosen.

Kriege außen und Kriege nach innen. Sie beginnen schon in der Familie.

Wie traurig muss es um unsere Gesellschaft bestellt sein, wenn sich Väter auf ihre leiblichen Töchter stürzen, wenn fettbäuchige Geilspechte einen Billigflug nach Thailand buchen, um dort Sex mit kleinen Mädchen oder Buben zu haben. Wenn primitive „Proletenpartien" sich nach Ungarn oder in die Slowakei aufmachen, und mit harten Devisen armen Ostblockmädchen ihre Selbstachtung nehmen.

Diese Auswüchse werden durch die Häufigkeit zur Selbstverständlichkeit und es wundert sich keiner mehr darüber - denn die Quantität des Horrors härtet ab, auch unsere Seelen.

Sex ist jedoch nicht nur Ausdruck körperlicher Kommunikation, sondern auch als Waffe bekannt und gefürchtet.

Übergeordnete schlafen mit Untergeordneten, Chefs mit Angestellten, Ärzte mit der Nachtschwester, Herr Filmproduzent mit dem Starlet, der Pilot mit der Stewardess, der Filialeiter mit dem Kassafräulein, Herr Referent mit Frau Kursteilnehmer, Herr Landesrat mit Frau Wahlhelferin, Herr Vertrauen mit Frau Naiv und Herr Schwuchti mit Kollegen Lauwarm.

Sex wird immer mehr zum Aus- und Benützen des anderen, ob durch Geben oder durch Nehmen.

Es gibt bei ehrlicher Sexualität zwischen Partnern keine Fehler. Alleine das Vertrauen gibt schon die Sicherheit, sich in all seine Bedürfnisse, seine Wünsche und Befriedigungen fallen zu lassen. Den eigenen Körper für diese Zeit zu verschenken, die Berührung des anderen zu spüren, ausleben zu können, was der Höhepunkt der Begierde ist, das ist das schönste und ehrlichste Geschenk, zudem wir Menschen fähig sind.

Sex ist sehr gewaltig in seinen Formen, leider auch gewalttätig. Es ist traurig, dass meist Männer dazu fähig sind.

Daher prahlen die Dummen eher mit der Quantität als mit der Qualität und Intensität ihres Liebeslebens. Die koitäre Zeitspanne ist für manche noch immer wichtiger, als die Streicheleinheiten davor und danach. Sex allein macht einsam auf Dauer und verkümmert zu einem Animalismus des Triebes, denn ein jeder Hund oder Stier hat mehr Ausdauer beim Sex, als ein Mensch.

So manche schön gesoffene Erscheinung entpuppt sich frühmorgens als Fata Morgana des Grauens.

Sich durchs „Bumsen" zu versöhnen ist die größte Dummheit einer Beziehung, wird aber vielfach praktiziert.

Dass Geld allein erotisch macht, glauben wirklich nur die, die diese Tatsache als Argument für sich selbst benötigen, um nicht in ihrer Lebenslüge unterzugehen. Aber vielen genügt diese Gefühlsreduktion, im Austausch für ein schönes materiell abgesichertes Leben, im Kreise vieler prostituierender gleich gesinnter Männer oder Frauen, wobei hier die Frauen statistisch die Nase weit vorne haben. Dieses „Lebenspuff" ist größer als man denkt und wenn man so sieht, mit welch hässlichem Mann, so manch hübsche Frau verheiratet ist, dann fragt man sich, wie schwer muss es dieser doch fallen ihren eigenen Lebensunterhalt selbst zu verdienen??

Die Wertigkeiten einer Beziehung verschieben sich im Laufe der Jahre, nicht jedoch die Basis, sie hält sich auch bei einem kleinen Regen, die Sonne ist ohnehin leicht zu ertragen.

Die Phantasie, als Regulator und das immer wieder neue Bemühen, um den anderen, ist nicht zuletzt ein hoffnungsvoller Garant, dem Trend der neuen Zeit entgegenzuwirken.

Der Mensch ohne Liebe ist ein verkümmertes Individuum, das unzufrieden durch das Leben schlurft. Nicht umsonst heißt es oft „machen wie Liebe", um das Wort Sex zu umschreiben, aber die Wahrheit ist:

ALL YOU NEED IS LOVE

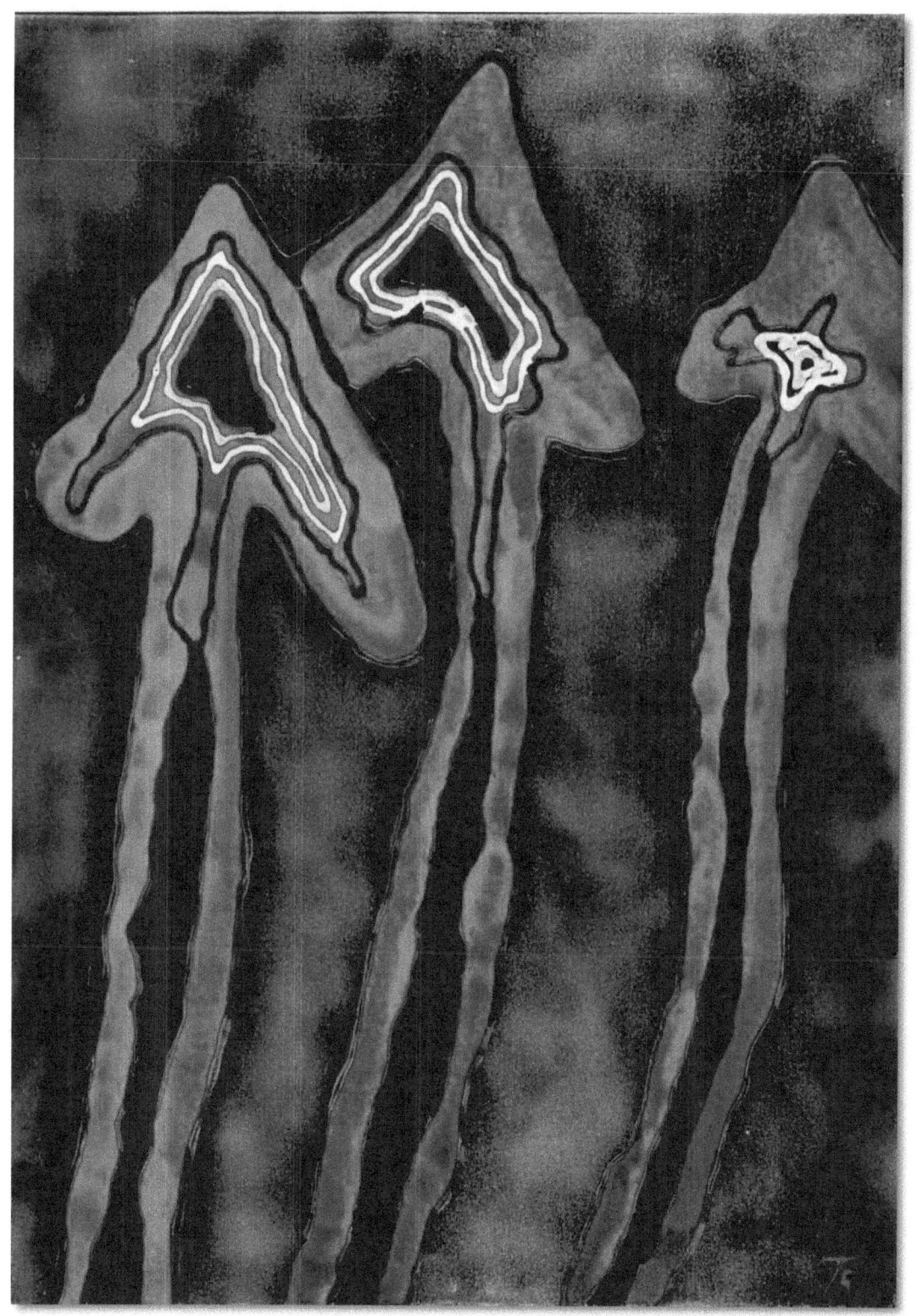

Three

95

Tschuschen und Kanaken

Es ist so alt wie die Menschheit, dieses Problem. Und es entsteht, wenn Menschen bemerken, dass die anderen nicht so aussehen, nicht so sprechen, nicht so arbeiten, nicht so essen, oder beten, nicht so leben und denken - wie sie selbst.

Sie verhalten sich dann merkwürdig bis kurzsichtig, unterscheiden und qualifizieren, sie teilen ein und katalogisieren.

Im riesigen Tiergarten der menschlichen Gesellschaft entstehen große Gruppen. Promis, Normalos und No-Names.

Promis sind die über dem Durchschnittslevel, nicht intellektuell, aber von der Bekanntheit. Sie sind wohlhabend, bedeutend und überlegen, in vieler Hinsicht. Sie sind Idole für Viele. Vorbilder, in wirtschaftlicher und gesellschaftlicher Hinsicht und man zeigt sich gerne mit ihnen. Man liebt ihre Gesellschaft, denn sie sind „in" und haben ihren Stellenwert innerhalb der „Snobiety". Man bewundert sie und will von ihnen akzeptiert sein.

Einmal in ihrer Gruppe aufgenommen heißt, dass man es geschafft hat in der Gesellschaft der Mächtigen. Sie sind Ziel und Unerreichbarkeit in einem. Man erhofft sich Akzeptanz und sonnt sich in ihrer Nähe. Ist Bewunderer, Zunicker, Bejaher und Teil eines Bestätigerkollektivs.

Die Gruppe der Normalos sind „kastenmäßig" um einiges schlechter dran, sie befinden sich im ständigen Kampf, um die höhere Ebene, sind Konkurrenten bei der Aufteilung des sozialen Lebenskuchen. Man trifft sich im Tennisklub, beim Stammtisch, beim Heurigen, im Café. Man ist unter sich, packelt, fordert, beschenkt und erhält. Die gesellschaftliche Befruchtung schlechthin. Eine Krähe hackt der anderen kein Auge aus. Man akzeptiert sich und will es auch werden.

Unterschiede ergeben sich höchstens auf geistiger oder materieller Ebene. Schließlich muss man schon einen Titel haben, um sich von einem gewöhnlichen Mittelstandmenschen unterscheiden können.

Herr Hofrat hat weder Hof, noch weiß er einen Rat. Herr Schulrat ist zwar in der Schule, doch sein Rat interessiert niemand. Herr Amtsrat sitzt im Amt und weiß nie einen Rat - denn sie wissen schon - Vorschrift ist Vorschrift. Herr Landesrat besitzt kein Land, nur Äcker, Wiesen und Felder. Da ist guter Rat teuer. Herr Professor ist als Lebenstitel sehr begehrt, wird vergeben an greise Schauspieler und Musiker, mit deutlichem Politbezug. Auch Präsidenten wachsen aus dem Boden, fesch, vom Scheitel bis zum Hoden. Herr Medizinalrat gibt Medizin und auch mal Rat, kassiert die E-Card als erste Tat.

Übrig bleibt noch die Gruppe der No-Names. Sie haben keine Machtstrukturen wie die anderen.

Sie sind das letzte gesellschaftliche Gefüge, der letzte Dreck und so werden sie auch behandelt. Darunter fallen manche Ausländer und inländische Minderheiten. In Österreich gibt es mit Sicherheit keine Ausländerfeindlichkeit, im Gegenteil, denn dieses Wort ist viel zu milde für das, was sich in diesem Land abspielt.

Keinen Mensch in Österreich regen weißhäutige Engländer, Amis, Holländer, Schweden, Italiener, Schweizer oder Deutsche auf. Doch jeder weiß, wer mit dem Begriff „Ausländer" gemeint ist.

Türken, Serben, Tschechen, Ungarn und Polaken, Rumänen, Bulgaren, „Zigeuner" und andere Dunkelhäutige. Sie alle rangieren in unseren rassistisch verseuchten Gehirnen weit unter uns. Sie sind keine wirkliche gesellschaftliche Gefahr, doch eine lästige Begleiterscheinung unseres Wohlstands. Sie sind diese, die uns eventuell vom übergroßen Brotlaib die Kruste abkratzen könnten und überall dann herhalten müssen, wenn es die Wirtschaft verlangt. Zum „Häuslputzen" ideal, für unser privates Umfeld untragbar.

Sie sind die, denen wir was in die Schuhe schieben können, wenn etwas passiert. Sie sind die, die unsere Frauen vergewaltigen, in unsere Häuser und Wohnungen einbrechen und unsere Autos knacken.

Sie sind die, die uns diese Arbeitsplätze wegnehmen, die wir ohnehin nicht annehmen wollen. Aber sie sind auch die Menschen, die unseren Wohlstand erst zum Großteil ermöglicht haben. Sie sind die, die unsere Wirtschaft aufrechterhalten. Sie sind die, die Lohnsteuer und Pensionsbeiträge zahlen, von denen die österreichischen Sozialhilfeempfänger und das arbeitsscheue Gesindel leben.

Sie sind die, die in Gräben herumkriechen, bei Minusgraden im Freien stehen, die Scheiße unserer Kläranlagen wegtransportieren, mit giftigen Rohstoffen hantieren, den Müll holen und überall dort sind, wo es uns zu gefährlich ist. Es sind die, die in die Künette hinab steigen, hinter der stinkenden Asphaltier-Maschine bei 40 Grad hinterhergehen, im Walzwerk mit flüssigem Eisen hantieren oder die Tierkadaver einsammeln. Es gäbe keinen funktionierenden Spitalsbetrieb, keine Bauindustrie, keine Gastronomie, keine Schwerindustrie, Textilindustrie und viele kleine Dienstleistungsbetriebe. Schicken wir sie doch nach Hause. Jeden einzelnen dunkelhäutigen, schlitzäugigen und schwarzhaarigen „Bastard" und räumen wir unseren Dreck selbst weg. Das gäbe einen Aufschrei. Die österreichische Herrenmasse hat es verlernt, um ein Butterbrot im Dreck zu wühlen oder erniedrigende Dienste zu leisen. Kaum ein Großbetrieb hat sich je gegen einen Ausländer ausgesprochen.

Machen wir eine Mauer um unser seliges Österreich, lassen wir keinen herein, nur das Angenehme, die Touristen, die Geld bringen, Schi fahren, wellnessen, wandern und shoppen und die Tschecheranten, die unseren Wein saufen. Exotisches wird nur toleriert im Zusammenhang mit Urlaub, Kunst und Sport.

Zum kulturellen Level einer Gesellschaft gehört es einmal dazu auch die zu integrieren, die mithelfen diesen Standard zu erreichen, um so den Steigbügelhaltern des Wohlstandes auch ihren Teil zukommen zu lassen.

Die kulturelle und menschliche Einsamkeit wird uns erdrücken, der gesellschaftliche und geistige Inzest wird uns degenerieren und uns minderwertig machen, im wahrsten Sinn des Wortes.

Der Nationalismus ist eine Form der Isolierung und die schlimmste Form einer gesellschaftlichen Weiterentwicklung. Er zwingt uns in eine Phase der kulturellen und wirtschaftlichen Angst. Wir müssen lernen in größeren Kategorien zu denken, in menschlichen Freiräumen. Arschlöcher gibt es überall, nur das Eigene ist weit weg von der Nase. Je kleiner ein Mensch im Geist, umso intoleranter wird er gegenüber dem Schwächeren sein, denn nur große und aufrechte Menschen sind groß im Gedanken und auch in ihren Taten, denn nur die Taten geben Auskunft über das, was ein Mensch verspricht.

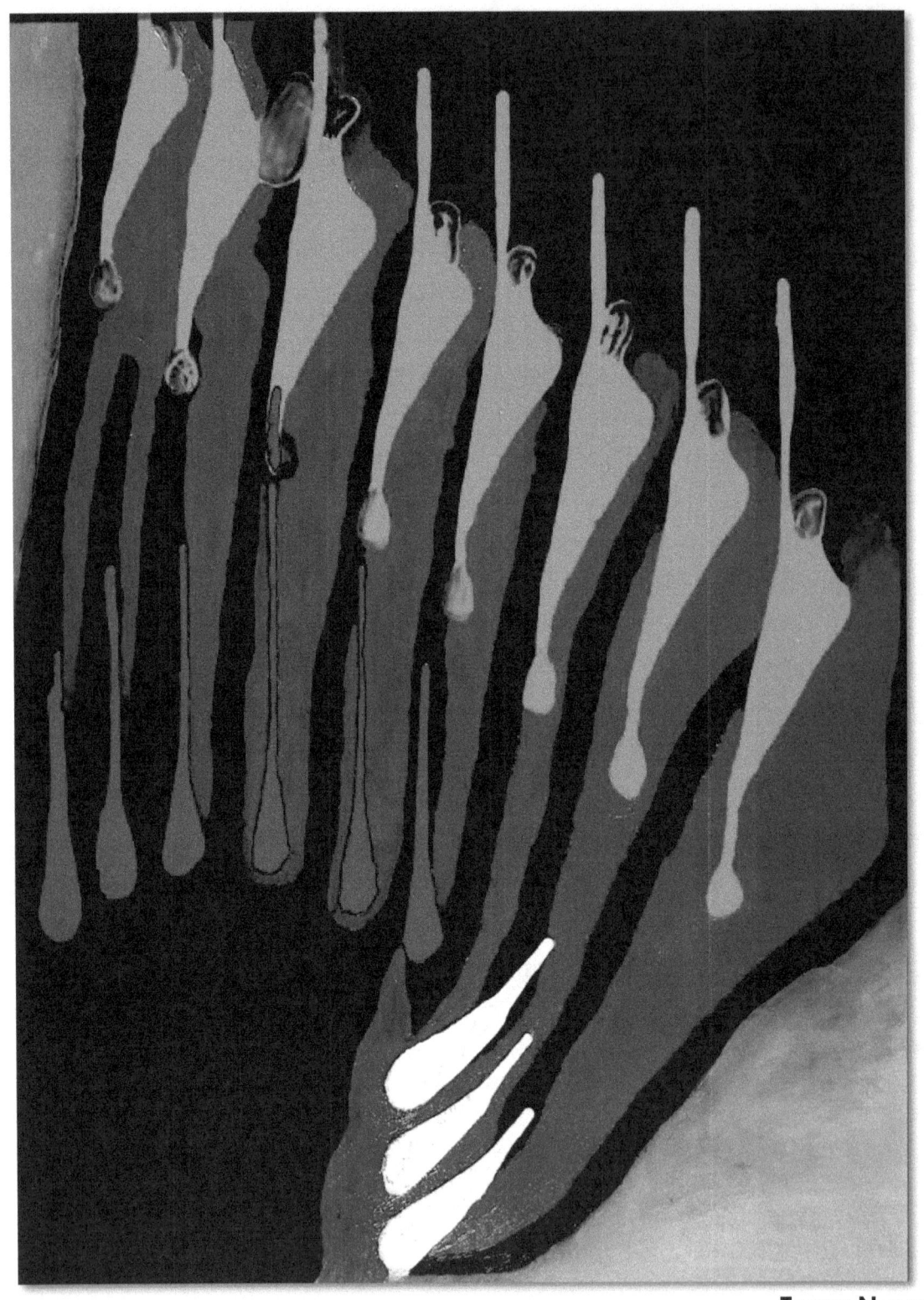

Terra Nova

Wuffi, Burli, Animali

In österreichischen Häusern und Wohnungen tummeln sich viele Lebewesen mit den klangvollen Namen wie Wuffi, Mauzi, Hansiburli, Minki oder Pipsi. Herr und Frau Österreicher lieben es, sich mit Getier aller Art zu umgeben und ihnen die kreativsten Namen zu verpassen. Innerhalb kurzer Zeit schafft es manches Tier, die Herrschaft über den gesamten Bereich zu übernehmen.

Viele Menschen umgeben sich mit Tieren, teils aus Einsamkeit, teils aus Kindesersatz, zum Teil als Spielzeug. Schnell sind sie Freunde und Kameraden und an erster Stelle steht der Hund. Er ist das Haustier Nummer 1, gleich gefolgt von Katzen und Vögel. Der Hund hat aber die Dominanz im österreichischen Tierbesitzreich.

Bezeichnend ist immer nur die Wahl der Hunderasse. Schäfer lieben deutsche starke Männer, den Pudel für die Huren, den Bernhardiner für die Gemütlichen, den Windhund für die Casanovas, den Husky für die Coolen, den Dackel für die Sturen, den Dobermann für Mafiosi, den Dalmatiner für die Modebewussten, den Basset für die Faulen, die Dogge für die Überdimensionalen, den Collie für die Kindlichen und den Bullterrier für die Zuhälter.

Sie scheißen in jedes Eck, brunzen an jedes Tischbein, beschnuppern alles, was nur irgendwie nach essbarem riecht. Sind sie einmal geschlechtsreif, bespringen sie die Hundsdamen der Nachbarschaft oder kommen, soweit es sich um Weibchen handelt, mit dem gesammelten Sperma sämtlicher Nachbarschaftshunde nach Hause.

Sie wühlen im Dreck, haben Läuse und Flöhe und verlieren Haare in rauen Mengen. Im Auto kotzen sie auf den Rücksitz und sehen dich mit einer Unschuldsmiene an, die entwaffnend ist.

Denn eines wissen sie ganz genau, so ein Hundeblick der leidenden Art erweicht das Herz der Besitzer.

Niemals wäre ein Mensch imstande so eine Freude bei einem Wiedersehen zu zeigen, oder unendliche Dankbarkeit, wie ein vierbeiniger Begleiter.

Doch viele Tiere, speziell Hunde, sind arm dran. Sie werden gehalten wie Gartenzwerge, artfremd und herzlos. Keiner kümmert sich um sie, nur ab und zu gibt es Kurzspaziergänge mit Frauerl oder Herrli. Sie werden unbeweglich, neurotisch, beißen, knurren und werden eingeschläfert oder der Einfachheit halber einfach ausgesetzt. Hunde leiden besonders, denn sie suchen als Gesellschaftswesen die Umgebung des Menschen und werden viel zu oft und zu lange allein gelassen.

Trends werden ausgelöst durch TV-Serien und schon will jeder seinen Rex haben. Sind diese Serien einmal zu Ende, dann ist auch das Interesse an den Hunden nicht mehr vorhanden. Viele Männer fürchten sich daher schon vom Ende der Serie "Der Alte".

Katzen sind zwar etwas besser dran, denn sie sind Streuner und auf die Menschen nicht unbedingt angewiesen. Sie kommen zum Fressen nach Hause und sind selbstbewusster als Hunde. Sie haben ein weiches Fell und schöne Augen, schnurren und damit sind sie das perfekte Spielzeug für Kinder und Omas. Menschenfreundlich wie der Hund sind sie nicht, treu auch nicht. Sie allesamt sind Lebewesen und Supermarktware für das Psychoregal des Menschen. Sie sind Ersatz und Freund, Befehlsempfänger und Diener, Liebling und lästiges Anhängsel.

Sie sind degradiert zum Produkt. Man kauft mit dem Auge und nicht mit dem Herz. Rassetiere sind im Trend. Das Aussehen entscheidet, nicht der Charakter. Je ausgefallener - umso lieber. Auffallen um jeden Preis. Manch hässlicher Junggeselle hat schon ein hübsches Mädel abgeschleppt, weil sein tierischer Begleiter so reizend ist. Männer mit Hunden an der Leine werden doppelt so oft von Frauen angesprochen.

Im Alter des Menschen ändert sich oft die Einstellung zum Tier und viele werden zum echten Lebensfreund und einsamen Begleiter des letzten Lebensabschnittes. Sie übernehmen die Stelle des Mitmenschen und werden Ansprechpartner und innigste Kontaktperson.

So schließt sich der Kreis, denn das Alter grenzt dich aus dem Kreis der Rassewesen aus, der Jugend und der Aktiven. Du bist nur mehr Mischling, alt und gebrechlich, blind und bettnässend und wer will dich da schon haben. Nur noch dein Hund, er stellt keine Fragen, er wedelt, wenn du kommst und ist traurig, wenn du gehst. Wer die Menschen kennt, der lernt die Hunde und Tiere lieben.

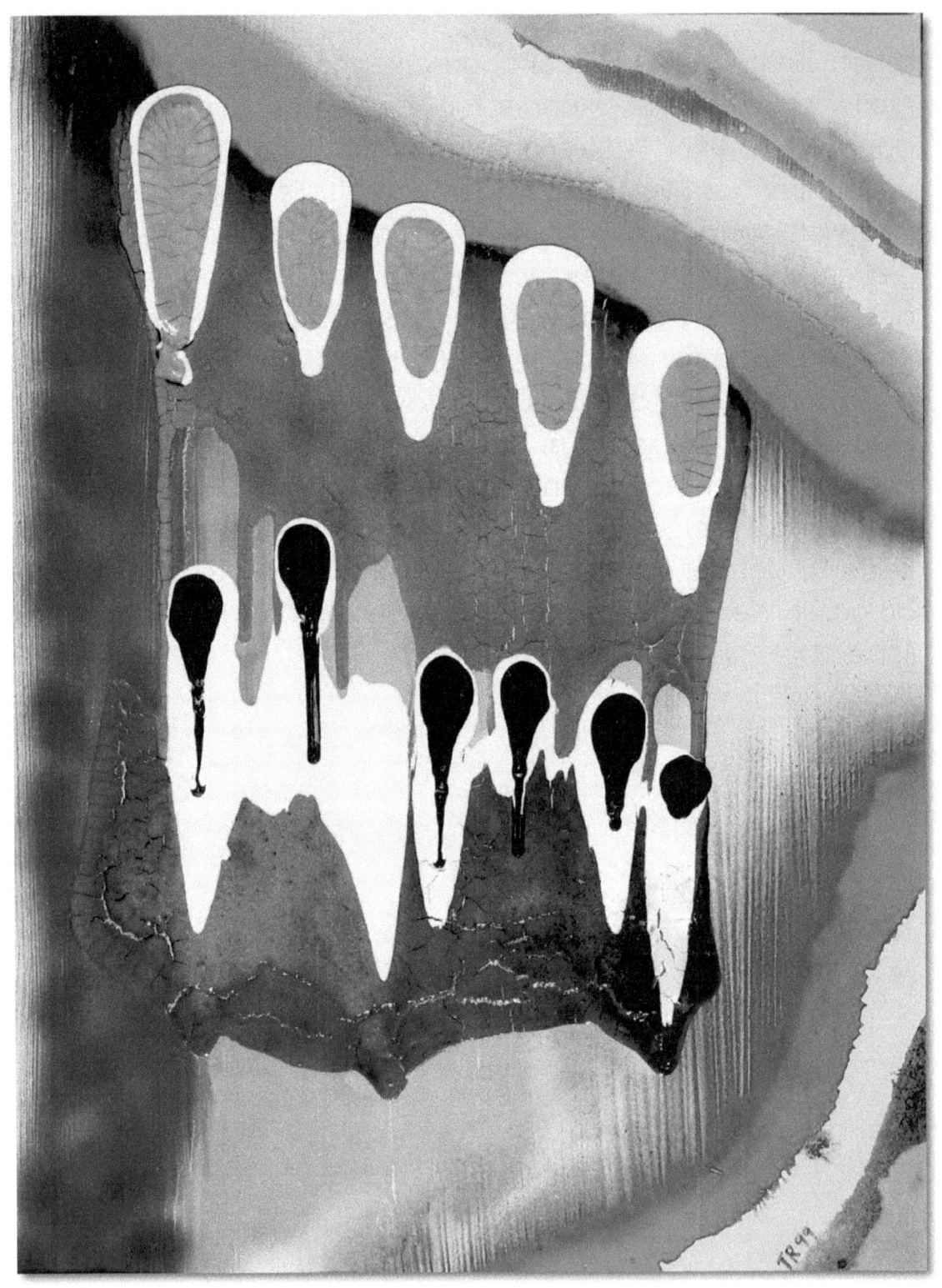

Telulose

Jeder Schuss ein Treffer

Sie versammeln sich in Scharen, zelebrieren mit uralten Bräuchen ihre Männlichkeit. Sie singen und grölen, saufen und lachen, wetteifern mit ihren teuer geschossenen Trophäen, die zu Hause an ihren Wänden hängen. Die Jäger, einst Heger und Pfleger von Wäldern, Wiesen und Bergen, mit all dem darin herumstreunenden Getier.

Sie entwickelten sich zu einer eigenen Menschengattung - eine Mischung zwischen Killer, Machtmensch und Dominanzneurotiker. Wer sonst empfindet noch Freude am Töten anderer Lebewesen nur zum Spaß.

Früher achteten sie darauf, dass die Tiere in einer perfekten Symbiose mit der Pflanzenwelt der heimischen Wälder leben können. Kranke Tiere konnten geschossen werden. Jetzt ist das nicht mehr die oberste Priorität. Die Zahl der Tiere in den Wäldern verringert sich und die der Jäger steigt permanent.

Sie jagen sich, in sündteuren Jagdrevieren, die Hasen gegenseitig vor ihre Büchsen. Sie lechzen nach Jagdeinladungen potenter Jagdbesitzer, die sich mit ihren Millionen ganze Gebiete unseres Landes für ihr schießendes Hobby erkaufen. Blättern für eine Jagdsaison unvorstellbare Summen hin, nur um an wenigen Wochenenden alles wegzuschießen.

 Am wichtigsten sind ihnen dabei die guten Verbindungen zu den mitschießenden Geschäftspartnern.

Sie kommen vom Ausland, winken mit Aufträgen und ballern drauf los, was das Zeug hält. So mancher deutsche jagende Millionär schoss im Suff wie wild um sich, randalierte in Gasthäusern und Hotels, toleriert von devoten Nutznießern, die nachher alles „zusammenflickten" und beschönigten.

Im Abstand von wenigen Metern durchforsten sie bei Treibjagden Wald und Feld. Alles, was aufgescheucht wird, hüpft oder rennt, wird erbarmungslos abgeknallt, eingesammelt, auf die obligaten Stangen der Lkw´s gehängt, gezählt und abtransportiert.

Die wenigsten Oberknaller essen ihre Beute selbst, sie wird an potente Betriebe des Handels verkauft. Nur die Trophäen, als Symbole eines erfolgreichen Jagdabenteuers, haben für sie Bedeutung.

Die Jäger kommen aus allen Schichten der Gesellschaft, doch die Mentalität ist durchgehend dieselbe. Individuen, an denen der Geruch von Blut, abgezogenem Fell, Bier, Schnaps und Trophäengeilheit haftet. Natürlich kann man nicht alle in einem Topf werfen, denn auch unter den Haien gibt es gemütliche.

Sie stehen an Rändern der Schutzgebiete, warten auf das Überfliegen der Wildgänse und bedauern das Abwandern des Wilds in andere Reviere. Wenn Österreich nicht genug ist, dann zieht es sie in die armen Länder des Ostblocks oder nach Afrika, wo sie noch ungefragt, aber gut bezahlt, Bären, Wölfe, Löwen, Elefanten und andere geschützte Tierarten jagen dürfen.

Sie schießen sich frei, geschützt von einer Männerdomäne, die sich schützend vor seine Mitglieder stellt. Die wenigen Heger und Pfleger bleiben in der Minderheit. Die meisten sind neurotische „Ballerer", die ihr unterdrücktes Sexualleben am Phallus Gewehr ausleben müssen. Sie verkörpern die indirekten Wegbereiter der Gewalt am Tier, und letztlich auch am Menschen. Sie degradieren das Wesen Tier zum Objekt ihrer Tötungslust. Sie führen Kleinkriege mit der Natur - unter dem Vorwand der angeblichen Notwendigkeit diese vor Überpopulation zu schützen. Nur die Waffengleichheit ist nicht gegeben, denn Hasen schießen nie zurück. Aber, wie sagt ein altes indianisches Sprichwort:

„Erst wenn der letzte Baum gerodet, der letzte Fluss vergiftet, der letzte Fisch gefangen ist, werdet ihr feststellen, dass man Geld nicht essen kann."

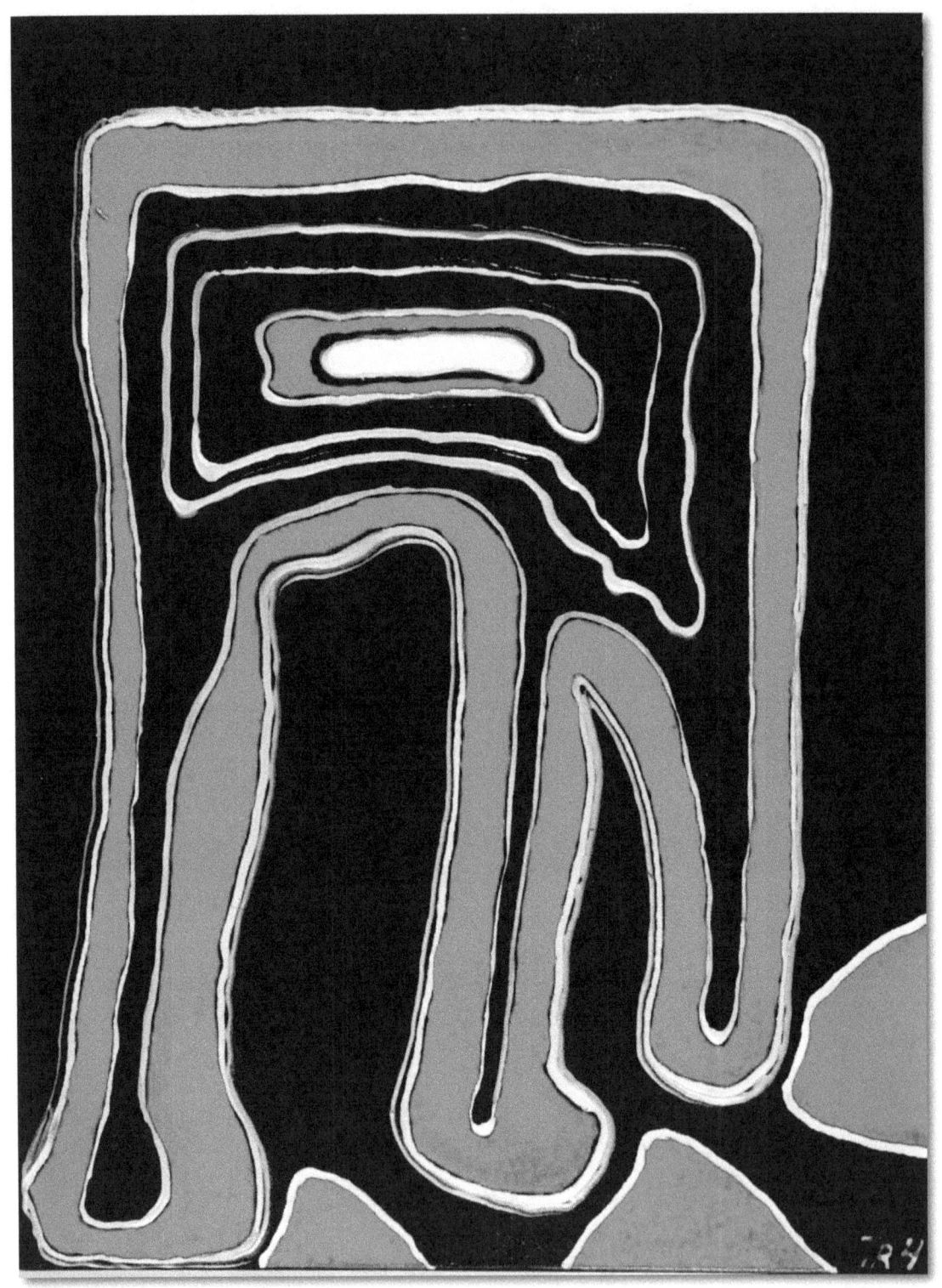

Tangerine

Muttertag und Vatertag

Jeder hat sie. Nicht immer gekannt - aber doch wahrgenommen, dankbar oder nicht, erfüllt oder enttäuscht. Die eigene Mutter. Väter kennt man nicht immer - Mütter schon. Um diese zu feiern, schuf man einen Tag, den Muttertag. Einen Tag der globalen familiären Zuwendung, ein kollektives Ausführen des Muttertiers in die kulinarische Szenerie. Ein „Muttertagsrausch" im zweistelligen Promillebereich. Fein gespickt mit Blumen, Reden, Geschenken und Lügen, dass sich die Balken nur so biegen. Man lässt sie hochleben, oft nur, um das schlechte Gewissen zu beruhigen nicht öfter für sie da gewesen zu sein. Ein Tag im Jahr, der die traurige Realität verschleiert, mit einer Portion an Scheinheiligkeit - aber das oberflächliche Gewissen beruhigt.

Geliebte Mütter legen meist keinen Wert auf diesen Tag, sie spüren es jeden Tag, wie wichtig sie sind. Einsame Mütter sterben an Seelenschmerz, in Altersheimen oder mangelnden Streicheleinheiten ihrer Kinder. Slowakische oder ungarische Hände sind eben doch kein Ersatz.

Kinder sind sehr wertvoll, doch immer noch nur ein »Produkt« einer Mutter. Mutterliebe ist nie objektiv, verzeiht dem größten Scheusal und hilft, auch wenn sie weiß, dass es falsch ist. Viele Mütter sind allein gelassen, viele enttäuscht - vom Leben und von den eigenen Kindern. Manche Mütter verdienen diese Bezeichnung nicht, manche gehen darin auf und geben ihr Letztes für ihre Kinder.

Dasselbe gilt für den Vatertag. Es gibt heute keinen Unterschied, außer dem äußerlichen, zwischen Vater und Mutter. Beide arbeiten, beide erheben den Anspruch das bessere Bindungsglied zu den Kindern zu sein. Vorbei ist die Zeit, in der die

Väter nur für das Familienbudget zuständig waren und alles, was Kinder betrifft, an die Mutter abschoben. Im Laufe der Jahrzehnte lernten Väter öffentlich mit Gefühlen umzugehen und ihre Kinder als das zu sehen, was sie sind: Wesen, welche die ihnen geschenkte Zuneigung tausendfach zurückgeben können, wenn sie es von den Eltern gelernt haben.

Bei Trennungen wird viel gestritten, auch um die Kinder. Oft endet es tragisch, selten harmonisch, doch die Schuld liegt nie bei den Kindern. Dann öffnet sich ein langer und schwieriger Weg zurück zum Herzen der Kinder. Denn diese sind es, die oft sämtliche Schuld bei sich selbst suchen. Vater zu werden ist nicht schwer, Mutter zu werden um einiges schwieriger. Der Vorgang alleine ist schon einzigartig und kein Mann der Welt kann das nur annähernd nachvollziehen. Deshalb ist dieser wundervolle Ablauf der Natur ein einmaliges Erlebnis für jeden Menschen, auch wenn er diesen Vorgang nicht wirklich bewusst wahrnimmt. Doch die Bindung zur Mutter wird immer vorhanden sein.

Schmunzelnd erinnere ich mich an das Muttertaggedicht meiner, damals noch kleinen Tochter Isa. Wir hatten mit ihr zu Hause ein nettes Gedicht eingelernt, für meine Mutter, die Lehrerin war. In der Aufregung ist ihr natürlich alles entfallen, bis eben meine Mutter, in typischer Lehrermanier, zu ihr sagte: „Na komm Isa, dann sag mir doch ein Gedicht aus dem Bilderbuch, das du kennst". Daraufhin setzte meine fünfjährige Tochter zum Gedicht an: „Auf dem Bauernhof. Du armes Schwein, du tust mir leid, du lebst nur noch so kurze Zeit". Damit war der feierliche Rahmen gesprengt.

Lieber Mensch, bedenke, es gibt mit großer Sicherheit nur zwei Menschen, die dir bis zum Tode treu sind. Das sind in den meisten

Fällen deine Eltern. Beschenke sie mit Zeit, herze, küsse sie, solange du sie noch hast. Am Friedhof lächeln sie dir nicht mehr zurück.

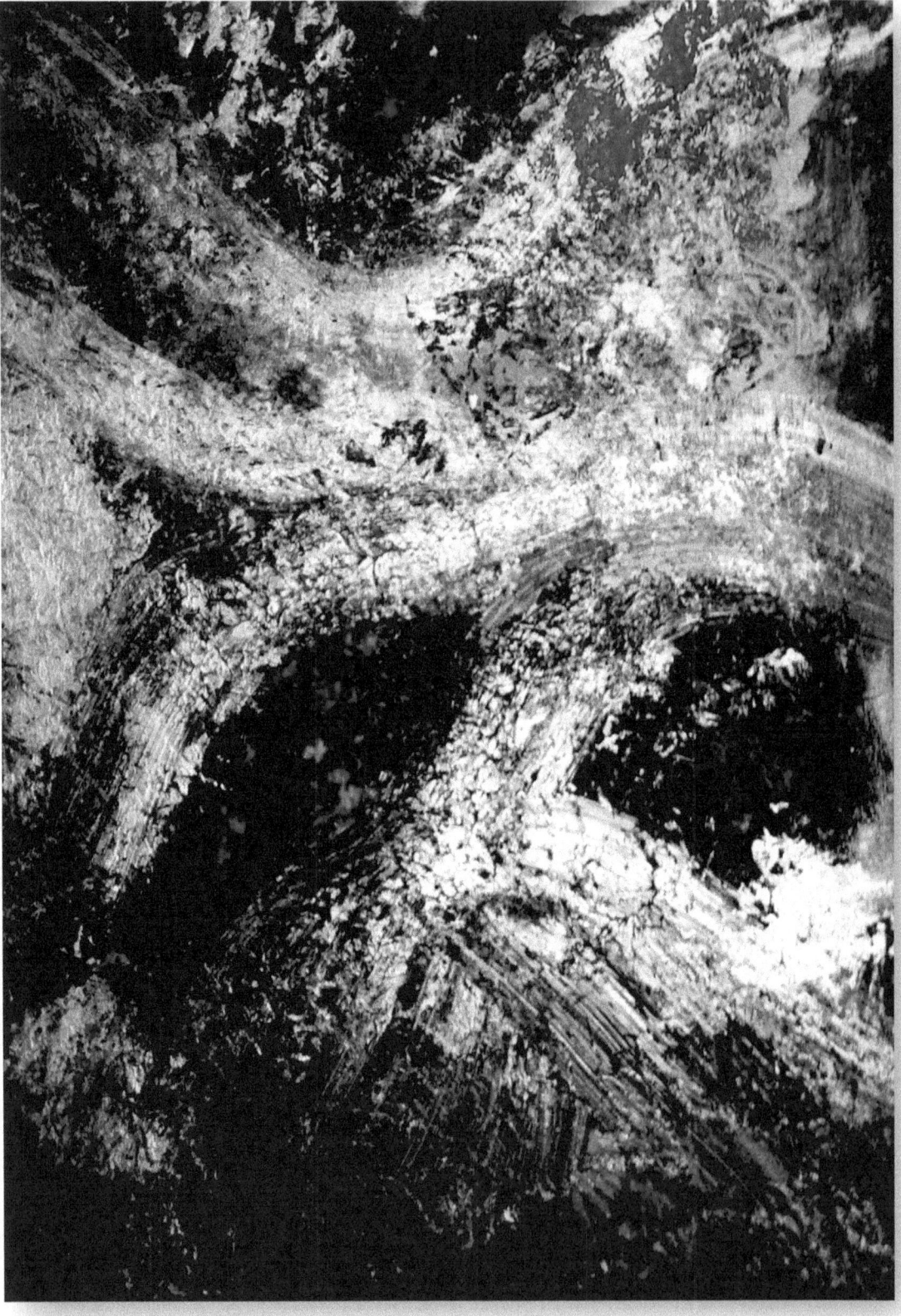

Spaß am Gas

Das Auto ist des Österreichers liebstes Kind. Ist Geliebte, lässiger Untersatz oder Sparkasse. Es ist groß, klein, teuer, billig oder unbezahlbar. Man ist stolz, man kauft, verkauft, verpestet, verschrottet, verletzt, und man tötet damit. Es ist Ort der Zeugung, der Geburt und oft auch der Sarg.

Sie alle werden am Reißbrett geboren. Zwar sind sie benzinsparender, dafür rosten sie schneller als vor Jahren – nicht ohne Grund.

Aber drinnen, da sitzen immer noch dieselben Idioten, Neurotiker, Hutträger, Spätzünder oder aggressive Underdogs. Sie finden sich selbst lässig, cool, gebärden sich wie „Rambos", treffen sich in Cliquen zur öffentlichen optischen Offroad-Onanie und fühlen sich als die letzten Abenteurer, als Highway Cowboys, die der Welt ein Loch in den Hintern fahren.

Ihre aus dem Seitenfenster heraushängenden Ellenbögen sieht man schon von Weiten. Doch ehe man das Auto sieht, dröhnen laute Musik und die Bässe ihrer Stereoanlagen über den Highway der Selbstüberschätzung. Sie haben große Bilder auf der Kühlerhaube, 5-tönige Hupen, buschige Schwänze vor der Windschutzscheibe, Wunderbäume, leuchtende Christbäume zur Weihnachtszeit, Nebelscheinwerfer, Breitstrahler, knallige Bezüge, Minidressen ihres Fußballvereins am Heckfenster, die geschmacklosesten Spoiler, die längsten Antennen und die auffälligsten Radkappen. Wunschkennzeichen dürfen auch nicht fehlen, denn schließlich muss jeder wissen, dass im Auto Chef-1, Hans 1 oder Welt 1 sitzt.

Viele sind pathologisch-neurotische Fälle, klare Angelegenheiten für den Psychotherapeuten oder Psychiater.

Das Auto, als eine Art Ersatzgeliebte. Es wird geputzt, umhegt, umsorgt und gestreichelt. Jede schmutzige Stelle wird entfernt. Regen, Schnee und Staub lassen das PS-Herz bluten. Am Wochenende ist Hochbetrieb. Da wird generell gesaugt und geputzt, und an den Tankstellen treffen sie sich zum allgemeinen Putzaustausch.

Unfälle sind für solche Menschen Katastrophen.

Die meisten Menschen aber sind auf das Auto angewiesen, sind ständig unterwegs, immer im Stress – gereizt und aggressiv. Sie stehen unter beruflichem Druck und sind unfallanfällig, wie Lkw- und Buschauffeure. Sie werden ausgebeutet und haben selten Zeit, sich zu erholen. Zeit ist Geld, und dementsprechend wird auch gefahren.

Sie fahren pro Jahr so viele Kilometer wie ein „Normalfahrer" in seinem ganzen Leben. Sie fahren überbeladen, zu schnell, zu lange und befinden sich ständig im Graubereich der Illegalität. Besonders Busfahrer im öffentlichen Verkehr büßen so ihre Sünden ab. Sie fahren nicht zum Vergnügen, und sie sind den besoffenen und müden Wochenendpartien ausgeliefert, den Schichtarbeitern um 5 Uhr morgens, den lärmenden Schülern, dem Geraunze der Pensionisten, dem besoffenen Geschrei der siegreichen Fußballfans und noch vielen anderen Ungusteln und Wichtigmachern. Sie sind Anlaufstelle für neurotische Nörgler, frustrierte Witwen und krankhafte Besserwisser.

Das Auto ist zum Schlachtfeld geworden. Ein Feld, um zwischenmenschliche Probleme zu lösen. Befreiung von Zwängen. Überholen um jeden Preis, nicht um Zeit zu gewinnen, nein, sondern um nicht Zweiter sein zu müssen. Selbst auf die Gefahr hin, deshalb zu sterben.

Solange Fahrschulen, in ihrer kommerziellen Struktur, selbst den größten Dummköpfen und Psychopathen die Führerscheine nachwerfen, solange werden an den Wochenenden die zerfetzten Leiber unserer Kinder auf den Straßen herumfliegen. Ein sozialer Intelligenztest wäre dringendst empfohlen, schon als Sicherheit für uns alle. Es kann nicht genug Polizei auf den Straßen geben, um aggressive und rücksichtslose Teilnehmer aus dem Verkehr zu ziehen. In diesem Falle ist mir eine Totalkontrolle lieber, als tödliche Toleranz. Solange eine lückenlose Kontrolle des Verkehrs und der inneren Sicherheit, nicht gewährleistet ist, so lange werden auf der Straße Menschen sterben oder als Pflegefälle zurückbleiben.

Es gibt immer mehr Autos, es wird planlos produziert. Keiner weiß, wohin damit. Es fällt uns schwer zu atmen. Der Schrott früherer Generationen wird immer größer, der Freiraum für unsere Kinder, immer kleiner. Die Angst vor der Zukunft immer berechtigter.

Doch die Generation davor für alles verantwortlich zu machen, ist zu wenig; es muss gehandelt werden, jetzt, heute und schnell, denn für unsere Kinder sind wir die Generation "davor". Davor sollten wir keine Angst haben, sondern handeln.

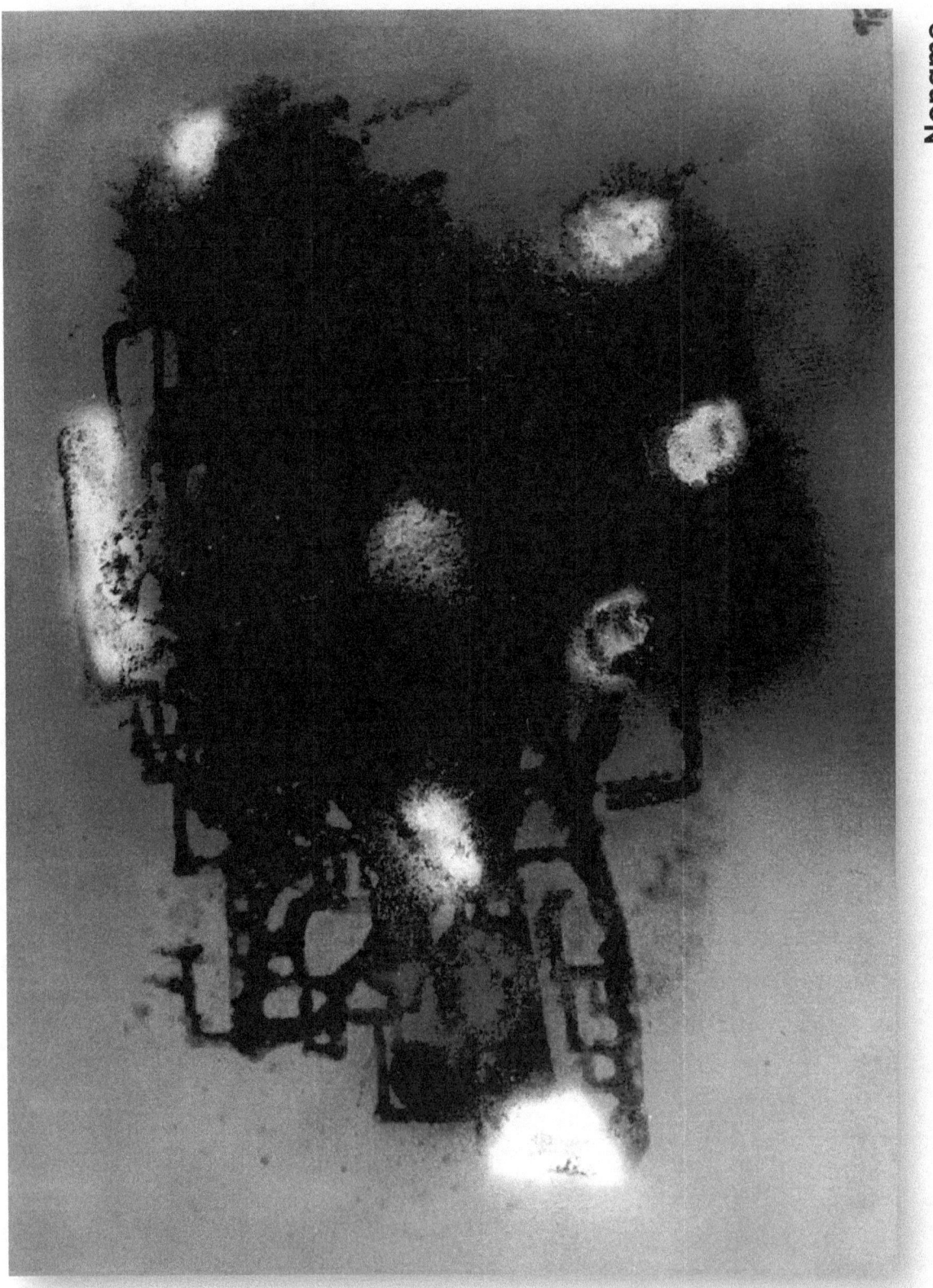

Ö 3 im Einheitsbrei

Wenn du am Morgen einen leeren Magen und einen speziellen Humor besitzt, dann kannst du mit Gelassenheit ein Empfangsgerät der berieselnden Medien aufdrehen, denn was da so an dein schlaftrunkenes Ohr dringt, ist ein Einheitsbrei für die genügsamen Masse

Die professionellen Witzlinge der Nation, die so gerne ihre eigenen Namen hören und so furchtbar viel lachen, knallen uns mit Witzchen voll, bei denen man die Pointen sogar mit Anleitung kaum findet..

Durch permanentes Zulachen, bei den zu erhofften Pointen, entsteht ein Durcheinander, das anscheinend zur Programmstrategie dieses Senders gehört und mit Kult und Kultur absolut nichts mehr zu tun hat.

Seit Jahren werden, mit Erfolg und Verbissenheit, die österreichischen Musiker von den heimischen Sendern vertrieben, man unterstützt mit Sendezeit und den daraus resultierenden Tantiemen, lieber die Musiker im Ausland. So gehen jedes Jahr Millionen an Tantiemen an ausländische Musiker, anstatt dieses Geld österreichischen Musikern zukommen zu lassen. Indirekt schwächt man dadurch den Wirtschaftsstandort Österreich. Im Grunde eine Frechheit - leben die staatlichen Sender doch von den Zwangsgebühren aller Österreicher. Hier gäbe es einen guten Ansatz, in diesem Sumpf von „Freunderlwirtschaft", mal personell und auch politisch aufzuräumen.

Seit Jahrhunderten bereicherten viele österreichische Musiker die ganze Welt mit ihrem Schaffen. Dieses kleine Land brachte mehr Kunst und Musikkultur über den Erdball, als so manche Großmacht. Es ist vollkommen unverständlich, warum gerade manche akustischen Medien sich so dagegen wehren oder steckt da mehr dahinter?

Ist es weniger „hipp" oder „cool", dass man zum ursprünglichen Mut und der Kraft unserer heimischen Künstler steht und zugibt, dass es gut ist, was sie machen?

Unsere Mitmenschen sind gerne Österreicher und lieben ihr Land. Sie wollen unsere Kultur erleben, egal, aus welchem Kunstkreis sie stammt und egal, ob sie Erneuerungen erlebt. Es sollte endlich so weit sein, dass auch die Menschen, die unsere Öffentlichkeit berieseln, das auch verstehen und unterstützen.

Wir haben es satt, all die Textfaden und Gleichsoundsongs der künstlich hochgepuschten minderjährigen Möchtegernmusiker vorgesetzt zu bekommen, die ohne Technik nicht einen richtigen Ton treffen und mit Alkohol- und Drogeneskapaden kein wirkliches Vorbild für unsere Jugend sind. Wir haben genug davon, dass ausländische Musiker nur den Weg in die Charts finden, wenn sie durch sexistische Auftritte für Schlagzeilen sorgen, die mehr peinlich als gut sind. Wir wollen endlich ehrliche und gute Musik.

Natürlich soll auch internationale Musik in unseren Medien erklingen, wir wollen ja nicht im musikalischen Inzest verkommen, aber es gehört eine gesunde Mischung her. Es sollte Gleichbehandlung herrschen zwischen international und nationaler Musik.

Fazit ist, dass viele unserer Musiker internationales Niveau haben, aber nur wenige schaffen es damit von ihrer Musik leben zu können. Es ist eine Schande, dass namentlich sehr bekannte österreichische Musiker auf Internetseiten um Auftritte betteln müssen, weil die Sender sie nicht unterstützen.

Andere Länder in Europa stehen da ganz anders zu ihren heimischen Musikern. Im Musikland Österreich wird auf allen

Staatssendern nur 19% deutschsprachige österreichische Musik gesendet – bei Ö3 leider nur 7%. Im Vergleich: in Griechenland, 60%; Frankreich 56 %; Polen, 50%, Finnland, 44%; Dänemark, 33% ... usw. Das Musikland Österreich liegt abgeschlagen an letzter Stelle in Europa dank unserer eigenen heimischen Sender.

Es gibt keinen Popnachwuchs in Österreich, sagt man. Wie auch? Welche Plattenfirma investiert in einen österreichischen Musiker, wenn man diesen dann nicht spielt.

Daher gebührt an dieser Stelle ein großer Dank an Ö3, für das geschaufelte Grab, das sie ihren eigenen Landsleuten in den letzten Jahren gegraben haben.

Eigentlich sollte es anders laufen. Jeder Österreicher, der zu Hause ein Empfangsgerät besitzt, muss Radio- und Fernsehgebühren entrichten und nicht gerade wenig.

Mit Glück schafft es manch österreichischer Musiker gerade, dass er mit den Tantiemen die Gebühren dafür bezahlen kann. Es stellt sich aber die Frage, wie man dazu kommt, für diese Humormischung aus Krampf und Schwachsinn auch noch zu bezahlen? In einer gut funktionierenden Firma ist es üblich, dass die Leute das Sagen haben, die das Geld haben, bzw. die bezahlen. Wir alle zahlen diesen Schwachsinn, diese Ungerechtigkeit, und wer zahlt, sollte auch anschaffen.

Es ist an der Zeit, mit diesem gleichmachenden Schwachsinn aufzuhören, schon im Sinne einer qualitativen Musikerziehung unserer Jugend.

Tears

Scharlatan und Geisterheiler

Ich mag Menschen, die anders sind als Herr Huber vom 2. Stock, Paradiesvögel, schräge Typen und ausgeflippte dumme Zeitgenossen. Aus Dummheiten kann man lernen und der Rest bereichert das Leben. Aber irgendwann hört sich der Spaß auch auf. Etwa wenn mit lächerlichem Esoterikgewusel Geld verdient wird oder in teuren Seminaren obskure Heilslehren verbreitet werden. Aber es ist eine trendige Erscheinung der heutigen Zeit, sich dem zuzuwenden, was in früheren Jahren die Religion an sich riss, mit derselben Präpotenz, nur mit jahrhundertlanger Tradition.

Heilpraktiker, Lebenshelfer, Handaufleger, Schamanen, Wunder- und Geistheiler. Esoterik, Positiv-Denken-Geschwafel und Nonsens Dogmen verkaufen sich gut heute, in einer Zeit der Orientierungslosigkeit. Warum zieht es Jugendliche in die rechte Szene, in Extremgruppen wie IS oder politische Parteien, die nur zerstören und nichts bewirken wollen. Sieht man sich das aber an, welche Inhalte in manchen Seminaren „gelehrt" und welche Referenzen genannt werden, dann sieht die Sache schon anders aus. Bücher mit eindeutigen Titeln wie "Du hast die Macht über Dich", „Du bist der Herr über deine Welt", "Selbstbestimmt leben" – ein Leitfaden für junge Menschen", sind ein atemberaubender Mix aus Esoterik, Positiv-Denken-Geschwafel, Banal-Psychologie und pseudomedizinischem Quatsch. Da bleibt einem die Spucke weg.

Überall wimmelt es nur so vor Energien und Resonanzen, mal gut, mal böse und natürlich gibt es Strategien, wie man sich gegen alles Schlechte in der Welt wappnen und gesund, schön und erfolgreich werden kann. Am sinnvollsten ist vermutlich die Kombination aus dem Besuch von Seminaren und der Lektüre des Buches. Und wenn sich dann noch ein Musiker findet, der eine hochgeistige Animationsmusik, in Form eines spirituell-akustischen Werkes, anbietet, dann sind wir dabei. Das bringt dann dreifache Kohle. Und wer noch nicht genug hat, kann günstig Essenzen erstehen, die dich in den siebten Himmel tragen, die Innerlichkeit der Seele schwängern und sie nach außen stülpen, um sie so der Heilung zugänglich zu machen. Zusätzlich werden noch Klangschalen in allen Größen angeboten, deren lang anhaltender Ton dich fortträgt, ins ferne Brasilien, zum Medium und Geistheiler Joao de Deus. Mit 2.000 € ist man dabei, um im Dschungel in weißen Gewändern herumzusitzen und zu meditieren. Hat man Glück, trifft man auf den Erlauchten, wenn nicht, ist noch nicht alles verloren, denn besagter Herr bietet auch Fernheilungen an, wenn er nicht gerade, mit der bloßen Hand, schwierige Operationen an seinen „Patienten" vornimmt.

Was da manchmal an Schwachsinn verzapft wird, kann nur ein armes, krankes, einsames und nach Bestätigung suchendes Herz annehmen. Doch nicht nur im Dschungel, auch draußen in der Zivilisation lauern sie auf dich. Aids, Krebs & Co. seien lediglich Effekt innerer Konflikte. Es dreht sich eigentlich fast alles um innere Konflikte. Und auch schwere Krankheiten, wie Krebs, seien lediglich Symptome von psychischen Problemkonstellationen. Die Schulmedizin verschweigt das angeblich, meinen sie, doch Gurus, wie etwa Rüdiger Dahlke, wissen es natürlich besser. Manchmal fühle ich mich wie in einem guten Kabarett, denn Krankheiten seien lediglich die "Quittung" für falsches Projektionsverhalten, sie wollen uns helfen, die Einseitigkeiten unseres Lebens zu überwinden.

Eine gewisse Frau Daniela Scherler, ihres Zeichens Berufene, um uns das Leben zu erklären, schreibt unter anderem:

"Bei der Krankheit AIDS steht die Bereitschaft zur Hingabe an das ganze Leben, einschließlich seiner dunklen Seiten, im Vordergrund. Zu integrierende Lernaufgaben sind meist die Fähigkeit, sich auf einen Menschen wirklich einzulassen, oder Verbindlichkeit, mit all ihren Konsequenzen, in Beziehungen zu leben. Gefordert ist die Integration der Urprinzipien Pluto und Neptun."

Auf so einen aufgelegten Schwachsinn muss man erst mal kommen! Die Aids-Kranken sind demnach doch irgendwie selbst schuld. Und wer gesund werden will, der soll sich mal gefälligst anstrengen und die bekannten Urprinzipien Pluto und Neptun integrieren … . Leck du mich am Arsch!!! Wie viele Haschisch Tüten muss man geraucht haben oder wie viele Liter „Spiritual Tee" muss man trinken, um solchen Unsinn zu verzapfen? Für Krebspatienten gibt es übrigens ähnliche wertvolle Ratschläge und den Tumorpatienten würde ich raten Jupiter zu "integrieren". Und die Schulmedizin - das steht wirklich alles im Buch - die, manchmal operiert oder medikamentös interveniert, die lindert zwar Symptome, aber verhindert dadurch, dass wir uns den "Lernthemen" stellen. Und im Endeffekt kommen die Symptome und die Krankheit bald wieder. Dann aber "noch dramatischer", wie diese Frau Daniela Scherler vielsagend raunt. Es ist wirklich unbeschreiblich.

Und sie ist nicht die Einzige, die mit so einem Schwachsinn Geld verdient und nicht wenig. Solche Leute können auch vierzig Tage fasten, ohne dabei irgendetwas zu essen oder zu trinken, eigentlich kinderleicht. Ich persönlich tippe auf Lichtnahrung. Solche Menschen verhungern nicht, im Gegenteil, sie entschlacken innerlich. Herrlich, ich bin fasziniert. Wenn sich das nach Afrika durchspricht, ist es bald aus mit dem weltweiten Hunger. Jetzt weiß ich endlich was ich mache, sollte ich mal auf hoher

See, im Urwald oder in der Wüste dem Tod ausgeliefert sein. Ich ernähre mich einfach von Lichtnahrung, vertreibe mir die Zeit mit energetischen Techniken, Meditation oder Reiki und warte auf die Rettungsmannschaften und so werde ich unsterblich. Rudi for ever!!! Erstaunlich scheint auch, dass die Esoteriker meinen, Ihre Behauptungen nicht beweisen zu müssen. Im Sinne der Beweislastumkehr müssten die Schulmediziner und Skeptiker erst einmal nachweisen, dass der „Hokuspokus" nicht funktioniert. Das erinnert mich an einen Kolumnisten einer österreichischen Tageszeitung, der zum Thema sinngemäß schrieb, dass er jeden Tag in Brunn am Gebirge einen fahren ließe und dadurch Erdbeben verhindern könne. Mir ist es jedenfalls nicht gelungen dies zu widerlegen, also hat er, im esoterischen Sinn, wohl recht. Eine gewisse Wirkung des Geistes auf den Körper ist wohl auch schulmedizinisch unbestritten, jedoch nicht erklärbar. Die unzähligen, bis ins kleinste Detail gehenden, esoterischen Deutungen sind in ihrer unüberschaubaren Anzahl aber wohl Beweis genug, dass diese phantasievollen Konstruktionen nur erstunken und erlogen sein können.

Serie
125

Zukunft der Welt - Prognosen eines Realisten

Jeder Mensch hat nur ein Leben und wird in eine Generation hineingeboren, die ihn prägt, formt und manipuliert. Viele Menschen verstehen die Generation davor nicht und nicht die danach. Die Population wird vieles verändern. Der Lebensraum des Einzelnen wird eingeschränkt, die Lebensmittel werden knapp, ebenso das Wasser. Immer mehr Chemie wird unser Leben beherrschen. Die Krebsrate wird ins Unermessliche steigen und jeder wird daran zugrunde gehen. Die Herzinfarkte explosiv zunehmen, die Umwelt und die Lebensräume werden von den Profiteuren des materiellen Reichtums zerstört. Chemie wird nur scheinbar unser Leben verlängern und wir werden die letzten Jahre unsere Existenz geistig kaum wahrnehmen. Die Gesellschaft wird sich zu einem Hort entwickeln, aus Egoismus, Selbstdarstellung und Gier. Lebensformen wie die Ehe werden nur mehr aus rationalen Gründen geschlossen und die daraus entstehenden Kinder den Einflüssen von Politik, Internet, Medien und Schule überlassen. Eine Wanderung aus den armen Ländern dieser Welt wird stattfinden, in die Wohlhabenden, und die Gesellschaft wird sich massiv verändern. Die ursprünglichen Völker werden sich vermischen und die Probleme, die dabei entstehen, werden Kriege hervorrufen. Die politischen Diktaturen dieser Welt werden verschwinden und es wird eine Diktatur des Geldes entstehen. Mafiose Strukturen werden unser Leben regeln. Die Armen werden zunehmend ärmer und die Reichen immer reicher, wie auch schon heute feststellbar.

Die Reichen festigen das, durch zunehmende Einflussnahme auf Politik und gesellschaftliche Entscheidungsträger, wie TV und Zeitungen, um die Masse auf dem Informationslevel zu halten, den sie wünschen. Der Mittelstand dient bloß dafür, die Armen niederzuhalten und die Reichen zu stützen. Die Umwelt wird zerstört werden, überall dort, wo die Armut am größten ist und sie wird früher sterben, ehe die letzten Erdölreserven versiegt sind. Länder, wie China oder Indien, werden unsere Konsumartikel erzeugen und Arbeitslosigkeit wird europäische Länder heimsuchen. Die armen Länder Afrikas, Asiens und Südamerikas werden zu Müllhalden der Welt, wo man den Schrott der industriellen restlichen Welt vergräbt. Tiere werden dem Wahnsinn der Pharmaindustrie geopfert und ursprüngliche Arten wird es nur mehr in Büchern geben. Die Gletscher werden schmelzen und Inseln knapp über der Meeresoberfläche sind Geschichte.

Die Verantwortung der Menschen beschränkt sich jeweils bloß auf die eigene, maximal jedoch nur auf die nachfolgende Generation. Gewalt bekommt ein bedrohliches Ausmaß, ebenso wie Missbrauch und Unterdrückung. Zwischenmenschliche Beziehungen werden virtuell stattfinden, sexuell ausufern und emotionell verkümmern. Jeder stirbt für sich alleine. Kinder verlassen früh ihre Eltern und überlassen diese fremden Händen in deren letzten Jahren. Die ursprünglichen Religionen verlieren massiv an Bedeutung und sektenähnliche Formen werden unser Leben beeinflussen. Der Niedergang des Planeten ist nicht aufzuhalten und irgendwann werden wir, den anderen unbewohnbaren, zu Staub verkommen Planeten in unserer unmittelbaren Nachbarschaft, ähnlich sein.

Der Mensch lernt nie, weder durch Kriege noch durch unmittelbare Konfrontation mit der schmerzlichen Konsequenz seiner Taten. Er wird dem Tier in manchen Handlungen immer ähnlicher, trotz seiner Intelligenz schafft er es nicht sein eigenes Nest sauber zu halten. Der indianische Spruch: „Erst wenn der letzte Baum gerodet, der letzte Fluss vergiftet, der letzte Fisch gefangen ist, werdet ihr feststellen, dass man Geld nicht essen kann", rückt immer näher an uns heran, jedoch keine will es wahrhaben.

Vieles ist töricht an eurer Zivilisation. Wie Verrückte laufen die Menschen dem Geld nach, obwohl viele gar nicht lang genug leben können, um es auszugeben. Wir plündern die Wälder, den Boden und verschwenden die natürlichen Brennstoffe, als kämen nach uns keine Generationen mehr, die all dies ebenfalls brauchen. Die ganze Zeit reden wir von einer besseren Welt, während wir immer größere Bomben bauen, um jene Welt, die wir jetzt haben, zu zerstören. Wir verkaufen unser Land, unsere Häuser und irgendwann unser Wasser, unsere Meere und unsere Luft. Wenn wir der Erde etwas wegnehmen, müssen wir ihr auch etwas zurückgeben. Wir und die Erde sollten gleichberechtigte Partner sein. Was wir der Erde zurückgeben, kann etwas so Einfaches - und zugleich so Schwieriges - wie Respekt - sein. Wer die Erde nicht respektiert, zerstört sie. Wer nicht alles Leben, so wie das eigene respektiert, wird zum Mörder. Der Mensch glaubt manchmal, er sei zum Besitzer und zum Herrscher erhoben worden. Das ist ein Irrtum. Er ist nur ein Teil des Ganzen. Seine Aufgabe ist die eines Hüters, eines Verwalters, nicht die eines Ausbeuters. Der Mensch hat Verantwortung, nicht Macht. Es ist unsere Aufgabe, dafür zu sorgen, dass die Menschen nach uns, die noch ungeborenen Generationen, eine Welt vorfinden, die nicht schlechter ist als die unsere – und hoffentlich besser.

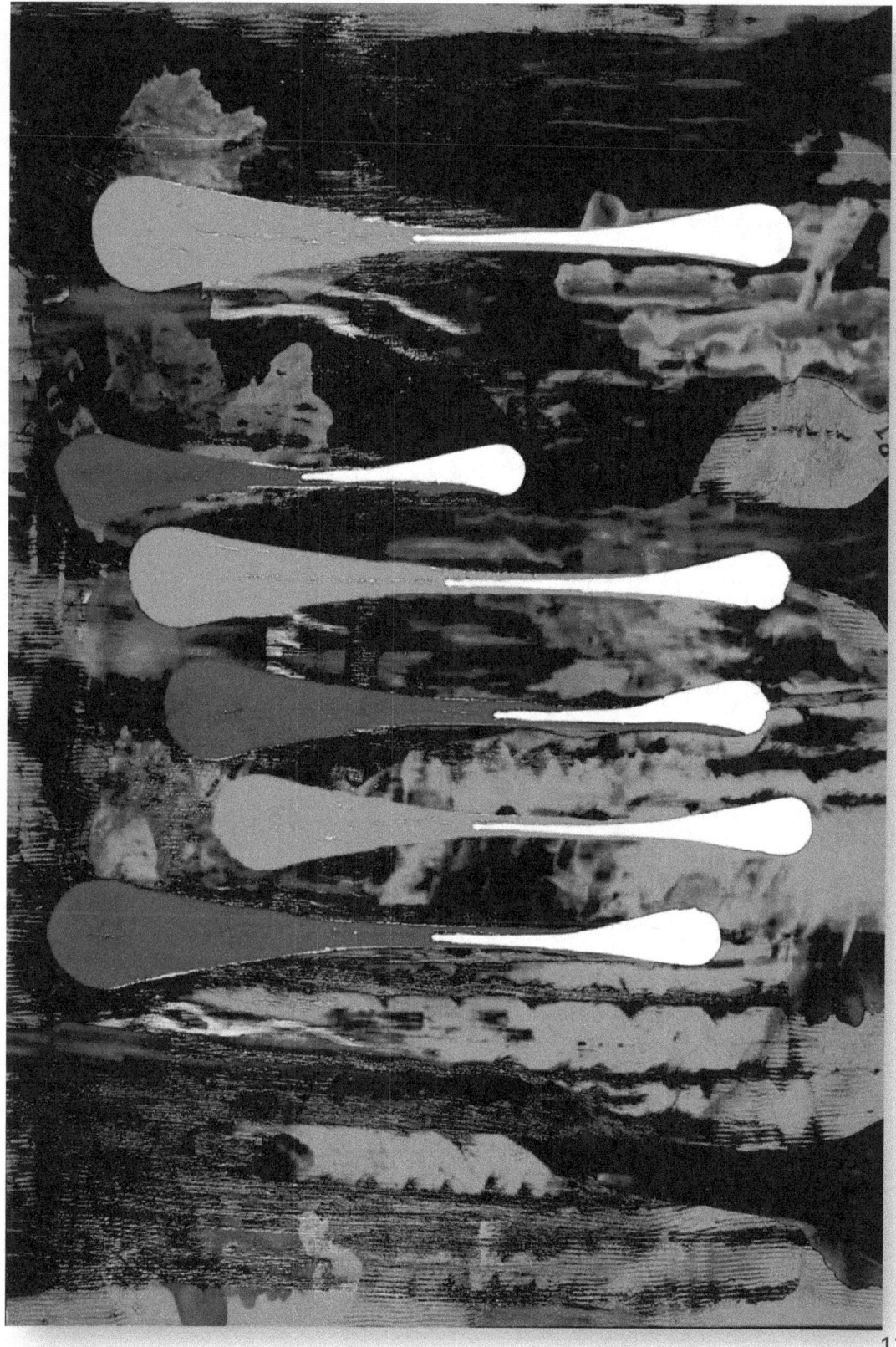

Famos last words

1. Ich wünsche mir, dass alle Menschen bei jeder Lüge einen Zahn verlieren
2. Ich wünsche mir, dass alle Rechten und Rassisten einmal von einer schwarzen Pflegerin abhängig sind und in ihrer eigenen Scheiße tagelang im Rollstuhl sitzen müssen
3. Ich wünsche mir, dass Parteien die Bildung und Schulen endlich in Ruhe lassen und ihre Vasallen woanders unterbringen
4. Ich wünsche mir, dass alle Pädophilen, die Kinder missbrauchen, der Hodenkrebs befallen soll
5. Ich wünsche mir, dass das Internet, einen Tag pro Woche, weltweit ausfallen soll
6. Ich wünsche mir, dass Autos nur mit mindestens 4 Insassen fahren
7. Ich wünsche mir, dass Menschen keine Tiere mehr essen
8. Ich wünsche mir, dass Zähne nachwachsen, wie Nägel oder Haare
9. Ich wünsche mir, dass alle Waffen im Privatbesitz verboten sind
10. Ich wünsche mir, dass Lebensmittel ohne Chemie sind
11. Ich wünsche mir, dass das Amt des Bundespräsidenten abgeschafft wird, um stattdessen sein monatliches Gehalt an Obdachlose zu verteilen
12. Ich wünsche mir eine Welt ohne Atomkraftwerke
13. Ich wünsche mir, dass öffentliche Verkehrsmittel, innerhalb Österreichs, für Menschen unter einem netto Einkommen von 1.000 € gratis sind

14. Ich wünsche mir, dass alle würdig altern können und nicht in Altersheimen dahinvegetieren

15. Ich wünsche mir, dass die Verwendung von Handys für Kinder unter 10 Jahren verboten ist

16. Ich wünsche mir, dass jährliche Gesundenuntersuchungen für 15 bis 60ig Jährige Pflicht ist

17. Ich wünsche mir, dass straffällige Asylwerber das Land verlassen müssen.
Wer die Gastfreundschaft missbraucht muss gehen

18. Ich wünsche mir, dass es pro 10.000 Einwohnern statistisch einen Polizist gibt

19. Ich wünsche mir, dass im Strafrecht lebenslänglich auch lebenslänglich ist

20. Ich wünsche mir, dass es in der Schule kein „Sitzenbleiben" mehr gibt und ein Bildungsprofil für Schüler bis zum 15. Lebensjahr geschaffen wird

21. Ich wünsche mir dass der österreichische Rundfunk mindestens 30% Österreichische Musik spielt

22. Ich wünsche mir, dass Heiraten vor dem 30. Lebensjahr verboten ist

23. Ich wünsche mir, dass es viel mehr Volksbefragungen gibt, nach Schweizer Vorbild

24. Ich wünsche mir, dass Religion aus den Schulen raus ist. Keine Symbole und kein Unterricht

25. Ich wünsche mir, dass im Spital alle gleich behandelt werden

26. Ich wünsche mir, dass die Preise für Grundnahrungsmittel, wie Brot, Milch, Wurst und Käse, vom Staat geregelt sind

27. Ich wünsche mir, dass Zirkus mit Tieren verboten ist

28. Ich wünsche mir, dass Prostitution ein normales offizielles Gewerbe ist, um sie so den kriminellen Kontrollen zu entziehen

29. Ich wünsche mir, dass jeder nur mehr bis 60 Jahre arbeitet

30. Ich wünsche mir, dass jeder nur 20% an Steuern zahlt und Steuerflüchtigen die Staatsbürgerschaft aberkannt wird

31. Ich wünsche mir, dass das Justizministerium an keinen Richter Weisungen erteilt

32. Ich wünsche mir, dass es keine Sportförderung mehr an Profiklubs gibt

33. Ich wünsche mir, dass alle Vizepräsidenten, Vizedirektoren und Vizekasperln abgeschafft sind

34. Ich wünsche mir, dass die Windkraft verzehnfacht ist und Elektroautos in der Überzahl sind

35. Ich wünsche mir, dass es eine kontrollierte Jägerschaft gibt und nicht, dass sich jeder Psychopath ein Gewehr zum Ballern im Wald kaufen kann

36. Ich wünsche mir, dass Führerscheinprüfungen mit einer Kontrolle der sozialen Intelligenz kombiniert wird

37. Ich wünsche mir, dass jedes Haus einem Abgasfilter für Kamine besitzt

38. Ich wünsche mir, dass Lehrer täglich bis 15 Uhr in der Schule sind, Hausübungen entfallen und schwachen Schülern in dieser Zeit geholfen wird

39. Ich wünsche mir, dass Kinder in Asien nicht mehr 12 Stunden am Tag für unsere Designerklamotten schuften

40. Ich wünsche mir, dass der generelle Mindestarbeitslohn 1.200 € beträgt und die Höchstgrenze für Manager in Staatsbetrieben nicht mehr als das 20-fache des geringsten Einkommens im jeweiligen Betrieb betragen darf

41. Ich wünsche mir, dass keine Schulklasse mehr als 25% ausländische Schüler hat und diese innerhalb von zwei Jahren Deutsch sprechen können müssen, um Spannungen zu vermeiden

42. Ich wünsche mir, dass es mindestens um 30% mehr Ärzte in Österreich gibt

43. Ich wünsche mir, dass jeder Mensch im Laufe seines Lebens einmal, für einen Monat, in einem Altersheim oder Spital arbeitet

44. Ich wünsche mir, dass Europa einmal ein Ganzes wird, aber unter Einhaltung seiner nationalen Traditionen

45. Ich wünsche mir, dass die Meere wieder sauber sind, damit das Quecksilber in den Fischen uns nicht krank macht

46. Ich wünsche mir, dass jeder Mensch dem anderen auf gleicher Ebene begegnet und danach handelt, auch wenn die Meinungen verschieden sind

47. Ich wünsche mir, dass die Generationen erstmals aus ihren Fehlern lernen und so leben, dass nachfolgende Generationen die Welt auch lebenswert finden

48. Ich wünsche mir, dass Krankheit und Tod menschlich und erträglich ist für alle

49. Ich wünsche mir, dass ich von Tag zu Tag ein besserer, toleranter und sozialer Mensch werde.

Die Kunst zu leben – ein Leben der Kunst

Rudi Treiber steht mit all seiner Kraft hinter seinen Vorhaben, war Lehrer, ist Musiker, Maler, Olivenbauer und Schreiber - als Schriftsteller will er sich nicht bezeichnen – und dies alles mit einer Leidenschaft und Konsequenz, die viele verblüfft.

Mit seinen Worten zeigt er die Fehler, Irrtümer und Irrglauben seiner Mitmenschen auf. Nimmt sich kein Blatt vor den Mund, um seine Meinung zu vertreten.

Rudi Treiber versucht ein ehrlicher, gerechter Mensch zu sein und das zeigt er – vor allem in seinem künstlerischen Wirken. Ein Mann, der noch die wahre Bedeutung des Wortes „Mensch sein" lebt.

Er ist ein „Lebemann" im positiven Sinn. Einer, der sich durch nichts und niemand von seinen Ideen abbringen lässt. Sich nicht dem Diktat der breiten Masse, dem Diktat des Durchschnitts, unterwirft.

Dieses Denken bringt er bereits in seinen Bildern sehr stark zum Ausdruck. Denn er malt, was er für gut findet, und nicht das, was die breite Masse sehen will.

Seine Texte sind lebensnahe, bissig und ironisch, doch leider viel zu wahr, um spekulativ zu sein. Die Worte Treibers lassen niemanden kalt und erhitzen so manchen.

Ein ständiger Provokateur, intellektueller Kosmopolit, Träumer und Illusionist.

In seinen Worten, und in seiner Musik, teilt er seine Ansichten über Kindesmissbrauch, Drogen, Neonazis, Politik und Lügen der Menschheit. Aber er findet auch Platz für Sentimentales ohne Peinlichkeit.

Manch einer wird sich angesprochen fühlen, manch einer vielleicht seine Ansichten verbessern, manch einer wohl beleidigt sein. Doch genau das will er mit diesem Buch erreichen. Die Menschen aufrütteln und sie aus dem Diktat des Durchschnitts reißen.

The music for life....   Rudi Treiber & Band

Konzertbuchungen,
Anfragen:
karina.bookoffice@gmail.com
Telefon: +43 699 170 70 730
www.karinaverlag.at
Download:
http://ruditreiber.bandcamp.com
Website: http://treiber.magix.net

Wohlfühlen in Griechenland

Urlaub einmal nicht als Reise, sondern einfach „leben".
Zwei typisch griechische Häuser mit dem Flair des südlichen Lebens warten auf Euch.
Einfach mieten und hinfahren.
Entspannung garantiert.

Und nach der Erholung das naturbelassene Olivenöl
genießen:

Information, Reservierung, Bestellung:

http://www.griechenland-haus.com/
http://www.olivenoel-aus-griechenland.eu/
http://www.karinaverlag.at
Mail: karina.bookoffice@gmail.com
Mail: rudi.treiber@bnet.at

Erholung pur in der Steiermark

Das Ferienhaus liegt in Ratten, im steirischen Joglland. Die beruhigende Kraft der Wälder, das Rauschen eines Flusses, die Stille des Landes und der Charme der Natur, laden zur Entspannung ein.

Das Haus mit vielen Räumen ist ausgestattet mit einem offenen Kamin, Sauna, großem Garten, eine Quelle und eine urgemütliche, stilvolle Einrichtung. In der nahen Umgebung gibt es umfangreiche Sportangeboten und Ausflugsziele für jede Jahreszeit.

Info und Buchung:
http://www.ferienhaus-in-der-steiermark.at/
http://www.karinaverlag.at
Mail: karina.bookoffice@gmail.com
Mail: rudi.treiber@bnet.at

„Jedes Wort ein Atemzug"
Buchserie der AutorInnen von „Respekt für Dich"

Ein gemeinsames Buchprojekt gegen Gewalt, imitiiert von der Österreichischen Autorin Karin Pfolz, soll den gemeinsamen Weg Europas gegen Gewalt zeigen. 143 Autorinnen und Autoren aus ganz Europa beteiligten sich daran. Der Erlös aus den Büchern fließt in die Gewaltopferhilfe.

„Mit diesem Buchprojekt wird die Idee der Europaratskonvention unterstützt, wonach Gewalt an Frauen und Kindern kein Tabuthema mehr ist", so Gisela Wurm (Vizepräsidentin des Europarates und Vorsitzende des Ausschusses für Gleichbehandlung und Nichtdiskriminierung). Die Bücher sind europaweit im
guten Buchhandel erhältlich.

Karina Verlag
Vienna, Austria
Otto Willmann Gasse 4/69
A-1100 Vienna
www.karinaverlag.at
karina.bookoffice@gmail.com